일인조

**이유야**
1992년 태어났다.
시집 『일인조』를 썼다.

파란시선 0115 일인조

**1판 1쇄 펴낸날** 2022년 11월 9일
**지은이** 이유야
**디자인** 최선영
**인쇄인** (주)두경 정지오
**펴낸이** 채상우
**펴낸곳** (주)함께하는출판그룹파란
**등록번호** 제2015-000068호
**등록일자** 2015년 9월 15일
**주소** (10387) 경기도 고양시 일산서구 중앙로 1455 대우시티프라자 B1 202-1호
**전화** 031-919-4288
**팩스** 031-919-4287
**모바일팩스** 0504-441-3439
**이메일** bookparan2015@hanmail.net

ⓒ이유야, 2022, printed in Seoul, Korea

ISBN 979-11-91897-40-1 03810

**값** 10,000원

# 일인조

이유야 시집

도루묵이죠
숭어와 망둥이죠
장전한

# 차례

시인의 말

제1부

# 시 없는 삶

시 없는 삶에서
천둥이 쳤다

너와 내가

다음 장면에서
몰래 만나고 있던 탓이다

홍수가 날 기세라고

마을 사람들이
죽창을 들고 뛰어다녔다

원흉을 찾아내 제거해야 한다고 했다

너와 나는 숨죽이고 있었다

적히지 않은 곳에서
젖을지 젖지 않을지 결정하지 않은 채로

시 없는 삶에서
천둥이 계속되었고

너와 나는 어쩌면
길가의 개망초로 있었다

너와 나는 마을의 여백 속에서
춤도 추고 노래도 불렀지 뭐야?

가끔 야경단이 우리를 밟고 지나가기도 했는데

우리는 개망초라서
저기에도 있었다

시 없는 삶에서

실수로
또 천둥이 쳤다

어쩌면 우린

후회를 하고 이전 장면으로 돌아가야 했지만

없는 척하면서
둘이서만 있어 보기로 했다

다음 장면이 쓸려 내려가고 있어도 좋았다

마을은 그것을
일단 지켜보고 있다

## 아크로바트


—

슬프거나 사랑하거나 둘 중 하나를 택하지 않고도


나는 계속될 수 있다 계속,
할 수 있다 그런 믿음을 갖고


살았더니


나는 순식간에 무덤 속 두 주먹을 꽉 쥔 송장이었다
내 묘비에는 빨간 글자로 전쟁광이라 적혀 있었다


하지만 친구들아 그건 전부 오해야
그러니 나를 그만 미워하렴
딱 한 번만 내 말을 들어 주렴


그러나 친구들은 슬퍼하거나 사랑하면서 쑥쑥 자랐다


슬픔과 사랑이
무덤 위에서


—

다 해 먹고 있었다

너네 다 싫어,
싫은 마음으로

나는 흙을 씹어 먹으며 살았다

그러나 필요하다면 벌떡
나는 일어날 줄도 알지

내가 벌떡 일어나면

우르르 몰려든 친구들은 금방이라도 내 목을 칠 기세
그러나 목을 치지 않고 나를 다시 정성스레 묻으며

네가 이렇게 못나서 슬프다고
그러나 모든 이야기로 사랑한다고

어쩌고저쩌고 진심으로 말했다

그렇지만 친구들아

전쟁이 정말 일어나지 않을 것 같니?
너희의 진심이 영원히 안전할 것 같니?


물어보면 흙만 뭉텅이째 쏟아졌다


몇 번을 벌떡 일어나도
기다리던 전쟁이 시작되지 않았다


나는 흙으로 만든 나팔을 크게 불며 매일 밤 잠들었다

# 고스트 스토리
—벌꿀오소리 편


벌꿀오소리가 꿈에 나왔어
꿈이 아니어도 좋다


좋아서


벌꿀오소리는 내 옆에 누웠어
번쩍이는 이빨을 드러내고


나는 그 허기가 마음에 들었다
결의로 가득 찬 눈빛 또한
모골이 송연한 기분 또한


그래서 우리는 꼭 안았다
눈물 없이도 우리의 품에 이야기가 가득했다


내 눈으로 봤어


하지만 슬플 준비가 된 마을에서
그걸 믿을 사람이 있겠니?

이제 벌꿀오소리는 비장하게 전사할 것이다
이야기 너머에 갇혀서

나는 그런 것도 알았어 그런 것만
부끄럽게

부끄러워서

우리의 여생엔 가망이 없다

너는 이미 죽은 거야
나는 벌꿀오소리에게 속삭이고

그러자 벌꿀오소리 깨꼬닥

우리의 합이 잘 맞아서 너의 수명은 틀리지 않는구나

이제 내 차례야 내 죽음은 클라이맥스야 그건 내 꿈
하지만 역시나 꿈이 아니어도 좋다

좋아서

나는 꿈을 잠시 미룬 채 다락방에 올라 밖을 바라보다가

훌쩍 뛰어내린다 밖을
걸을 수 있다는 걸 알아서

밖은 생각보다 좁다
밖은 벌꿀오소리 냄새로 가득하고
밖은

겨우 이게 다야?

그때 내 앞에 등장한 건 비보를 든 파발꾼이다
샤샤샥 수풀을 가르며 마을을 향해 뛰어가는

저 삐쩍 마른 엉덩이를 물어뜯고 싶어

그건 내 꿈을 늦추려는 벌꿀오소리의 마음

벌꿀오소리의 마음만으로도 나의 꿈은 길어질 것이다
파발꾼의 늘어지는 잔상처럼

나는 거대한 침대에서 여생을 뛰어놀 것이고
장송곡은 구슬프게 불릴 것이고
꿈과 마을은 쓸모없어질 것이고

# 웨인은 꼭 옛날 사람 같다 1

유리는 시카고 사람으로

웨인을 버리고
웨인을 찾고
다시 웨인을 버렸다

그러한 절차들이 유리의 사랑이었으므로

웨인은 망가졌다 다시는
찾을 수 없게 되었다

그러므로 유리는 이제 사랑을 다했다고 말할 수 있다

사랑 끝

유리의 사랑이 끝나서

유리는 없었다
없기로 했다

웨인은 그날부터 헛간 속 건초 더미에 앉아
얼굴에 수염을 그리며 살았다 남는 시간에는

풀죽을 쑤기도 했고 들쥐와 대화를 나누기도 했으며 사
실 털북숭이 웨인은 그렇게 버림받고도 건초 더미에 파묻
혀 유리를 떠올릴 뿐인 머저리였다
웨인이 눈을 감고 기뻐하거나 슬퍼하다 보면 헛간은 어
느새 둥근 마음이 깨뜨리고 간 밤이었다 웨인은 건초 더
미를 끌어안고 궁상맞게 벌벌 떨다가
유리가 넘어간 둔덕을 꿈에서 네 발로 넘어가기도 했다
넘어가다가 호랑이나 강도에게 갖고 있던 마음을 모조리
빼앗기기도 했고 그 모든 게 믿기지 않아 데굴데굴 구르
기도 했고 끝도 없이 구르다 보면 아침의 건초 더미 속에
서 수염만 더 자란 채였다 그 시답잖은 일들을 전부 더한
것에 지금까지의 날을 곱하면
그것이 헛간의 역사였다

마을 사람들은 목에 시위 피켓을 걸고
유적이 된 헛간 앞에 모여들었다

망할 웨인 너 때문에 우리 마을이 쇠락하고 있어
부끄러운 웨인 부끄러운 웨인

마을의 부끄러움
웨인에게

상기된 고고학자는 인터뷰를 요청하기도 했다
재림 예수를 환영하며 기적을 보여 달라는 자도 있었다

시위와 기적과 인터뷰 사이에서 종종 싸움이 붙기도
했는데

그깟 유리가 뭐라고,
그들 사이로 목각 인형을 툭 던지고 가는 배운 사람도
있었다

그런 일련의 사건들을 지나며 웨인이 과연 정신을 차
렸을까?
나는 그렇게 믿지 않는다 그러나

—

어느 날 아침

웨인은 헛간을 벗어나면서 덥수룩한 수염을 잡아 뜯었
다

아름다운 수염이
바닥에 흥건했다

이걸 다 누가 치운담?

나는 우선 팔을 걷어붙이고 있다 그것을
골똘히 내려다보고 있다

—

## 웨인은 꼭 옛날 사람 같다 2

웨인은 뒷짐을 지고 중앙광장에 서 있다
마을의 길이 예전과는 달라진 탓이다

헛간을 뛰쳐나온 웨인에게 남은 건
허전한 턱의 감촉이 전부

처음부터 다시 시작할 장소를 물색하기 위해
웨인은 남은 힘을 짜내며 높은 곳으로 향한다

그러나 마을 회의에선 웨인을 가만 내버려 둘 수 없다는
결론을 내린 뒤였으므로
헛간에서 발견된 슬픔으로 빚어진 조무래기들이 골목길
곳곳에서 웨인을 기다리고 있었다 웨인은
조무래기들에게 이끌려 거대한 문 앞에 던져지고는
곧장 그 문으로 빨려 들어갔어

그것은 흡사 린치 직전의 장면처럼 보였어 무서웠어 눈
을 감고 나는 다른 길로 샜는데

시카고였다

시카고는 바람이 가득한 도시

바람을 정통으로 맞으며 나는
유리의 흔적을 찾기 위해 한 발자국씩 걸음을 옮겼다
트렌치코트 안에는 리볼버를 숨긴 채였다

그러나 시카고예술대학교에 사진을 찍는 유리는 없었다
시카고미술관에 유리라는 전시관은 없었고
시카고의 하늘에 무리 지어 이동하는 유리는 없었고
유리는 그냥 그 어디에도 없었으며 유리가
좋아했을 게 분명한 타코집의 프라이는
한국보다 맛이 덜했다

탐정놀이는 이제 그만하고 싶어

진지하게

웨인도 유리도 마을도
다 지겨워

입가에 묻은 케첩을 할짝거리며 나는 밀레니엄 파크로
들어갔다

상상의 유리가 앉았을 것만 같은 벤치에
홈리스가 깨지는 않을까 살포시 앉았다

다음 장면을 상상하지 말자고 속으로 다짐하면서 호수
의 울렁임을 구경하면서 시카고의 황혼을 만끽하면서 마
을을 웨인을 그러자 유리를 거의 다 잊어 가면서 정말 정
말 거의 다 잊어 가면서 가만히 앉아 있었는데

You again Wayne?
잠에서 깬 홈리스가 나에게 위스키를 건넸고
가슴에서 텅 빈 총성이 초라하게 울렸고

회백색의 실내가 꼭 방공호 같다고 웨인이 생각했을 때
밖에서 누군가 문을 닫았다

# 웨인은 꼭 옛날 사람 같다 3

—

사방이 막힌 실내가 빛으로 환해서
벽 밖의 풍경이 투명하게 보이고 이곳에

분명 기술적인 오류가 있다

웨인은 벽에 눈을 대고
마을을 훤히 내려다보고

마을은 웨인을 이곳에 가두어 둘 작정이지만
그 이상으로 개입하지는 않는다

따라서 웨인은 마을이 쉽다
다시 시작할 수 있을 것만 같다

그러나 나는 웨인이 그러지 않았으면 좋겠어 이제는 웨인이
나이를 먹을 줄도 알았으면 좋겠어

나는 중장비를 몰고 건물 앞까지 간다
그러자 웨인은 벌써부터 시끄럽다는 눈치다 벽에서 몇

걸음 물러나

　차가운 바닥에 누워
　귀를 막고 천장을 올려다보는 웨인
　웨인이 오류를 믿어서

　돔의 중앙에 떨어질 듯 말 듯 물방울이 매달려 있다

　내가 벽을 들이받아도
　그것은 떨지 않고

　웨인은 그것을 바라보면서
　새 웨인을 계획하고 있다

　새 웨인은 이제 시카고를 방문하지 않을 것이며

　시카고를 방문한다 한들 이스트 먼로 스트리트에 들어
서지 않을 것이고
　이스트 먼로 스트리트를 걷는다 한들 유리와 부딪히지
않을 것이며

유리와 부딪힌다 한들 유리의 랩톱이 떨어지는 것을 보고만 있지 않을 것이고

유리의 랩톱이 떨어진다 한들 한국식 발음으로 Sorry 라고 말하지 않을 것이며 때마침

경찰이 다가오도록 내버려 두지 않을 것이고 유리의 콧잔등에 빗방울이 떨어지도록 내버려 두지 않을 것이며 유리가 어이없다는 듯 환하게 웃도록 내버려 두지 않을 것이고 웨인은 유리가 유리인지 영영 모른 채 유리의 기억 밖에서만 모습을 드러내 버릇할 것이며 애초에 마을을 벗어날 생각 따위는 추호도 하지 않을 것이고 따라서 웨인은

다시 시작해서 가만히 서 있기로 했다

웨인은 누워서
그 결정이 소용이 있기를 바라면서

나의 만류에도 기어이 다시 시작하고 있다

물방울은 무섭게 투명해지고 벽 밖으론 삽시간에 먹구름이 몰려들고 웨인은 벌써 온데간데없고

그 장면엔 분명 오류가 있어서

벽이 알아서 깨진다
깨진 벽 뒤로

다시 시작하는 마을이
마을을 나서는 한 사람이
떨리면서 점점 선명해지고 있다

나는 가만히 서서
이번에는 소용이 있기를 바라고 있다

## Wayne's so sad

　그들을 찍는 카메라는 흑백이다 그들 중 하나는 웨인이고, 웨인은 너무 슬프며, 그들 중 누구도 웨인처럼 보이지 않는다 그들은 서로를 향해 둥그렇게 서 있다 그들 중 둘은 일렉기타를, 하나는 베이스기타를, 하나는 드럼을 연주하고 나머지 하나는 노래를 부른다 그들 중 셋은 고개를 까딱거리고, 하나는 발을 까딱거리며 나머지 하나는 상체를 까딱거린다 그들은 때때로 방방 뛴다 그들은 번잡스럽다 그들 중 누구도 웨인처럼 보이지 않고 그러나 그들 중 하나는 웨인이며, 웨인은 너무 슬프다 그러므로 웨인은 무언가를 열심히 까딱거리면서, 때때로 방방 뛰기도 하면서, 번잡스러운 와중에 너무 슬프다 웨인은 너무 슬프다 그들은 한창 시끄럽다 그들은 열정적이며 진정성이 있고, 그들 중 누구도 부르주아처럼 보이지 않으며 그러나 그들 중 누구도 혁명이라는 단어를 좋아하는 것처럼 보이지 않는다 그들은—자신들 중 하나가 웨인이건 말건—격의가 없다 그들에겐 요의도, 적의도 없으며 그렇다고 비의가 있는 것은 더더욱 아니다 웨인은 너무 슬프고 그들 중 하나가 단지 웨인일 뿐이다 그러므로 그들 중 하나는 웨인이고 웨인은 너무 슬프다 그들 중 하나의 주머니에는 박하사탕이 있고, 그는 그것을 모르며, 하필 그가 웨인일 확률은 얼마? 그 확률을 구한다고 해서 그가 웨인이리라는 보장은 없다 웨인은 너무 슬프다 그들은 새파랗게 젊고 무엇보다 교양이 없으며, 연주가 끝난 뒤에도 서로를 쳐다보고 있다 무언가 아쉬워하고 있다 그러므로 웨인은 아쉬운 눈빛 속에 있다 그들 중 하나는 웨인이고 그들 중 누구도 웨인처럼 보이지 않지만, 그들 중 하나가 가장 먼저 그들의 대형을 이탈하고 있다 그는 방금까지 일렉, 베이스, 드럼, 보컬 중 하나였으며 그러므로 그는 그들 중 하나이고 바로 그 하나가 스튜디오를 떠난다 스튜디오를 떠나는 바로 그 하나가 사라지고도 미련이 없다 바로 그 하나를 제외한 나머지가 스튜디오에 남아 다음 곡을 준비한다 그러나 그들의 역할은 모자라거나 넘치지 않고, 그들의 구성은 변함이 없으며, 그들 중 하나는 기필코 웨인이므로 그들은 다시 의기투합한다 그들 중 누구도 웨인처럼 보이지 않고 그들 중 하나는 웨인이며 그들은 서로를 향해 둥그렇게 선다 그들 중 둘은 일렉기타를, 하나는 베이스기타를, 하나는 드럼을 맡고 나머지 하나는 보컬을 맡는다 그들 중 셋은 고개를 까딱거리기 시작하고, 하나는 발을 까딱거리기 시작하며 나머지 하나는 상체를 까딱거리기 시작한다 그들 중 누구도 웨인처럼 보이지 않으며 그들 중

하나는 웨인이고 따라서 웨인은 너무 슬프다 너무 슬프다

●Wayne's so sad: 대만 밴드.

# 엑소시즘

사랑하는 너의

유서를 대신 써서 내가 살았지

네 머리통을 자루에 담고
버려진 고국으로 내가 환향했지

무뢰 잡배가 되어
과인이 살아 돌아와서

만백성아

미안

네 머리를 장대에 꽂고
성벽 높은 곳에 매달았지

내가 빨리 못 달아서 만백성은

얼굴이 핼쑥

눈물이 글썽

내가 다
미안

네 머리가 너무 높아서 백성들은 하이힐을 신고

꺾어진 꽃을
너에게 던졌지

대대로 가꿔 온 꽃이 힘없이 떨어졌지

꽃도 나의 백성들도
소리를 질러 댔지

너희를 아프게 해서

내가 다
미안

내가 다 미안하니까

이제
그만

제발 그만하고 싶어서

아교와 송진이 해자에 넘쳤다
충직한 순으로 석상이 되었다
신이 노해 우박이 내렸다

내가 다 그랬어
내가 다 그래서
내가 다

미안

그러면 너는 즐겁다
기념해 줘서 고맙다고

살아남은 신화 속에서 너만 눈뜬다

나는
하이힐을 신고 주저앉았지

과인이 지은 세상에 저주가 내려서

내가 다
미안

너는 안
미안


●얼굴이 핼쑥 눈물이 글썽: 윌리엄 셰익스피어의 「햄릿」 변용.

# 프리 서버 1.0

마을은

누가 마을을 드나들며 누가 마을을 공격하고 또 방어하
는지

추호의 관심도 없다

시민들 중 어느 누구도 밖에서 온 상인들을 환영하지 않
지만

뒷돈을 주고 그들의 물건을 사들이며

날씨는 마을의 중요한 변수이지만 그것은

그것이 중요한 만큼이나 제멋대로다

광장은 자라나는 아이들로 붐비고 그 바로 옆에는

교회보다 튼튼한 교수대가 서 있으며

시민들 중 어느 누구도 판결에 관여하거나 판결을 내리
는 자의 얼굴을 본 적 없다

마을에는 가짜 돈이 유통되고 있지만

밥을 짓고 사랑을 할 수 있으면 그만이라고 너 역시 생
각하고 있잖아

금주법이 시행되면 술 냄새는 거리에서 방 안으로 옮겨
가고

맨정신인 사람은 성공적으로 마을을 떠났다는 소식을
전해 올 뿐이다

집 나간 아버지들은 저희끼리 몰려다니고 마을의 지리를 자주 헷갈려 하지만

자식을 만나는 날에는 불쌍한 척을 하고 자식들은 아버지를 개자식이라고 부르지만

자신들 역시 자식을 낳길 속으로 원하며

재난이 닥치면 골목은 복잡해지고 쥐 떼는 불어나지만

시민들 중 어느 누구도 사람이 죽었다는 얘기는 들은 적 없다

인망이 두터운 자는 높은 확률로 스파이거나 소시오패스이며 옆집 사람은 자주 사라지고

마을을 떠나지 못한 사람을 우리는 왜 생존자라고 부를까?

나는 언제든지 대체될 수 있는 시민이며 마을을 온 마음으로 사랑하지만

누구도 내 마음을 증명할 수 없어서 또

아침 해가 뜨고 마을은 출렁거리고 나는 낯설어지고

마을은 움직이지 않았지만 조금 더 멀어져 있다

제2부

# 터

할아버지 영정 속에서 빛나던 건 내 두 눈이었지 기억나
니? 부전자전아 아버지 너의 눈망울 속에서도 불빛이 아
롱대고 있었지 불빛이라는 건 어김없이 사람이 있다는 뜻
으로 그곳은 순식간에 그리운 마을이었단다 지금 나를 올
려다보고 있는 네 눈 속 그래 바로 그곳이 지워진 고향이
란다 아빠야 그때 나는

너의 스쳐 지나가는 인연이 아닌 오랫동안 기억될 수 있
는 동생이 되고 싶어서 너의 불을 빤히 바라보다가 주머니
의 말만 한 움큼 쥔 채 그곳으로 뛰어들었단다 무모하다고
생각할 수도 있겠지 하지만 유념하렴 예쁘게 웃는 아빠야
네 불은 상상보다 더 형편이 없었단다

용케 몸을 뒤집어도 하는 수 없단다 아빠야 모든 이야
기를 해 줄 심산으로 나는 이곳에 다시 온 거니까 눈 속의
여정에 대해 이어서 이야기해 주마

멀리 보이는 마을의 불빛은 희미했단다 엎친 데 덮친 격
으로 길은 아무 소리도 없이 광막했지 고요함으로 팽창된
진공관 같았단다 나는 혼잣말을 중얼거리며 걷기 시작했

지 지금처럼 말이야 이 얼마나 우스운 일이니 말을 한 점
씩 떼 내며 걷는 탓에 내 말수는 점점 적어졌단다 마침내
불빛이 가까워졌을 때 나는 큰 소리로 너에게 물었지 떨어
진 말을 따라 내가 돌아 나갈 수 있을 거라고, 너 사랑하는
형제야 내가 너를 한번 믿어 봐도 되겠니? 그러나 아빠야

네가 못 믿을 형제였기 때문에 그때의 너는 네 눈 속에
나를 가두려고 했단다 하지만 그게 우리 이야기의 끝은 아
니란다 모른 척 눈을 끔뻑이는 아빠야 네가 코 잠들기 전
에 이야기를 마무리해 줄까?

너는 그때도 지금처럼 눈을 꾹 감았다 뜨는 것으로 나
를 가둘 수 있다고 믿었을 테지만 나는 네 불을 낚아채고
몸을 던져 거실로 나왔단다 그러니까 나는 사실 네 눈에
걸려 있던 불이 종이를 오려 만든 가짜라는 걸 그때부터
다 알고 있었단다

세 살까지 간 여든 버릇아
숨기고 싶은 형제야 너는 그저

꺼진 불

윙크도 못 하는 가죽

허옇게 센 우애


명심하렴 조금씩 다른 너의 슬픔에 나는 미동도 없단
다 아직 남은 이야기가 있으니 울음을 뚝 그치고 들으렴


너는 그때 내가 살아 돌아왔다는 사실에 겁을 먹고 송
장처럼 가만히 누워만 있었단다 내가 네 위에 올라타 영
정 사진을 찍는데도 미동조차 하지 않았지 너 내 못 믿을
형제야 나는 그때부터 혈혈단신이었단다 좌절에 매 순간
진심인 편이었단다 그러니까 밖에서만 열 수 있는 현관문
을 철저히 닫고 나왔던 그때의 내 심정을 너도 이제는 이
해할 수가 있겠지 아빠야


집 밖에서 우리의 가정사를 궁금해하는 이는 단 한 명
도 없었단다 등기되지 않은 폐가의 철거일을 손꼽아 기다
리는 사람들만 있었지


그러니까 너 서지도 못하는 아빠야 벽이 무너진 지가

언젠데 아직도 이러고 누워 있는 거니 종이로 만든 불 그
건 벌써 다 파쇄되고 없단다 처음부터 까막눈, 우리에겐
그것밖엔 없단다

●너의 스쳐 지나가는 인연이 아닌 오랫동안 기억될 수 있는 동생이 되
고 싶어서: '장충기 문자' 중 도진호의 문자 변용.

# 언젠가 본 너의 이야기

중2요 삼월이오 각혈이다 부모가
더는 벌컥 방에 들어오지 않아 너는 출가한다

너는 방학 동안 잘 기른 수염을 면도기로 다듬어 코밑
에 겨우 나비만큼 남기고는 기분도 기억도 없이 중랑천을
거니는구나 그곳에서
너는 영원히 헤매도 좋았다

그러나 오 분도 길다 중랑천은

물
과 수풀
과 약간의 초라함

너에게 영원은 채 백 보도 안 되는구나

너

중랑천의 고아야
영원의 고아야

집으로 돌아온 너를 부모는 귀여워하는구나

이제 네 마음엔 방밖에 없다 남은 시절을
방과 함께 보내기로 네가 결정하니

정말로 바람 때문에 문이 쾅 닫히기도 하네

롬곡옾눞
롬곡옾눞

왜 두 번 말하면 쏙 들어가는 눈물인가

너는 다른 수 없이 코밑수염을 아주 밀어 버리네

●롬곡옾눞: 폭풍처럼 눈물을 많이 흘린다는 뜻의 '폭풍눈물'이라는 말
을 시계 방향으로 180도 뒤집어 놓은 조어.

# 언젠가 본 너의 이야기

아무도 알려 주지 않았구나

네가 학예회에 도착했을 때 단막극은 이미 꽤 진행된 뒤다

강당 안은 사람으로 가득하다 모두 너보다 키가 크다 얼굴이 보이지 않는 사람이 너에게 무대 위의 장면을 전해 준다 그는 아마도 너의 친구일 것이다 그러므로 믿을 만할 것이다 상수에 외눈박이 괴물이 서 있어 코스플레이야, 친구가 가르쳐 준다 외눈박이는 다른 외눈박이들 앞에서 선언문을 읽는다

외눈의 움직임, 지시를 내리는 몸짓, 그 모든 것이 사실 같다 줄을 잡고 새까만 절벽을 미끄러져 내려가는 자세마저도

물론 너는 천장에 달린 줄밖에는 보지 못한다 그러나 너는 알 수 있구나 친구가 전부 알려 주었기 때문에

그러니까 무대에는 절벽이 있을 것이다

절벽이 얼마나 깊은지 너는 너무도 보고 싶다 몸을 번쩍 들어 달라고 친구에게 부탁하고 싶다 친구 사이에 그 정도 부탁은 할 수 있는 거라고 너는 믿는다 믿을 수 있어서

친구야,

너는 마침내 말하고 그러자 친구가 인파 속으로 빨려 들어가네

너는 친구가 절벽으로 미끄러진 거라고 생각한다 그러니 친구를 구해야 한다고 사라진 믿음을 좇아야 한다고

나풀거리는 줄과 사라진 믿음, 불끈 쥔 두 주먹
그것은 전부 볼 수 있는 것

너는 인파를 비집고 무대에 뛰어오른다 그러나 외눈박이 괴물 같은 건 없고

믿음아 너는 또 사라졌구나

사라진 믿음을 너는 본다 볼 수가 있어서 줄을 잡고 절벽으로 점프한다 슈욱— 레펠을 타듯이 유려하게

그때의 너 이미 중3이다

우당탕 소리에 모두가 놀라니
낡은 망토 하나가 무대 위에 떨어져 있네

너는 세상으로 돌아오지 않을 것이다

●외눈의 움직임, 지시를 내리는 몸짓, 그 모든 것이 사실 같다 줄을 잡
고 새까만 절벽을 미끄러져 내려가는 자세마저도: 미나가와 유카, 「언
젠가 본 너의 이야기」, 『건담 UC 증언집』 변용.

# 환절기
—와타시 1년


너 와타시가 절벽을 타고 서울에 내려와 쑥과 마늘만을 먹으며 인왕산에서 수련하길 어언 13년, 장성한 와타시는 탑골공원에 당도한다 정문의 비술나무를 쓰다듬으며 드디어

여름이 되었구나, 와타시는 바닥에 언 발을 비비며 생각에 빠지고


그러자 스피엥 스피엥

눈밭에서 매미 소리가 우거지기 시작하는구나 다음 수를 고민하던 아이들이 장기판을 뒤엎고 달려와 와타시를 둘러싸기 시작하는구나


넝마주이가 내려와 새로운 왕이 된다네

슬픔의 왕을 죽이고 새로운 왕이 된다네


빙글빙글 아이들은 노래하고 빙글빙글 아이들은 순식간에 늙어 가고 그러므로


지금이 아니면 언제?

모두 늙어 죽기 전에 왕이 되는 것도 좋겠지 와타시는

계획이 다 있어서 걸음을 옮긴다 종묘를 향해

노인들에게 둘러싸인 채 저 혼자 어려지면서

여름이구나, 기어코
여름이 왔구나, 속으로 읊조리면서

이것이 현실이라서 와타시는 지도를 밀면서 계속 걷는다
피도 눈물도 없이 단 한 줌의 낭만도 없이

# 유서
—와타시 1년

나의 힘은 산을 옮길 만하고
나의 기개는 하늘을 덮을 만하네
그러나 죽여야 할 왕은 이미 다 묻혀 있으니
세상아, 너는 더할 나위 없이 평화롭구나
—『와타시의 일기』중 발췌

사랑하는 백성들아 잘 새겨듣거라

누구도 짐을 그리워하지 말 것 짐을 위해
한 방울의 눈물도 흘리지 말 것

온 힘을 다해 풀썩,
와타시는 유언을 내뱉으며 쓰러졌다

그러나 세상은 미동도 없고
부러진 젓가락 하나 종묘에 꽂히니
그 많던 인파는 어디에 있느냐

위 증즐가 대평성대
위 증즐가 대평성대

와타시가 흙 아래 누워 주위를 슬쩍 돌아보니

54

아비들은 죽어서도 교훈이 많네 그러나

죽어서 무슨 놀이를 더 할 수 있을까?

나,
왕 와타시야,

너는 일단 살아야겠다

위 증즐가 대평성대
위 증즐가 대평성대

와타시는 부활을 결정하고는 허공에
연신 주먹을 내지르기 시작하네

쉬익 쉭
그건 입에서 나는 소리일 뿐이고
세상일이 도통 뜻대로 되질 않고

와타시에겐 더 이상

뜻이란 게 없어서

위 증즐가 대평성대
위 증즐가 대평성대

흙에서 걸어 나온 와타시가 홀로 유해를 수습하니
그 모습은 마치 무리 떠난 짐승과 같구나

아무도 와타시를 듣지 않고 보지 않고 사랑하지 않고

와타시는 기분이 좀 그랬다 기분이
좀 그래서

와타시는 죽지 않아!
크게 소리치니

슬피 울던 두견새 한 마리
모골이 송연해져 혼비백산하네

위 증즐가 대평성대

위 증즐가 대평성대

# 카타콤 소년

예컨대 지하 묘지에 들어선 소년의 이름은 강대협이다 그것은 소년의 할아버지가 지어 준 이름으로 큰 협객이 되라는 뜻이지만 묘지의 협객은 정처가 없고 야망 또한 없다 묘지는 소년소녀들의 아담한 뼈로 가득하다 그러므로 소년 강대협은 앞으로 가고 싶은데 뒤로만 움직이는 장면에 있다 이곳에서 살아 나가려면, 아니 출구는 고사하고 물이 됐든 빵이 됐든, 하다못해 빛 부스러기라도 발견하려면 앞으로 나아가야 한다 그러므로 소년 강대협의 유일한 생존책은 우정을 끊고 애도를 잊고 기분을 모르면서 한 칸씩 나아가는 것이지만 방금 또 대협이의 유령 친구가 알은체해서 강대협은 두 번 절하고 뒤로 한 칸 물러나면서 눈물을 쏙 빼게 된다 태어난 저의를 박박 긁어모으다가 손톱이 다 빠지게 된다 그러므로 소년 강대협은 큰 결심을 하게 된다 눈을 감고 상상을 닫고 절연을 생활화하면서 호흡과 보법에만 집중하기로 한다 하지만 친구들이 보고 싶어 안 되겠어 어리석은 대협이는 한 칸도 못 가서 다시 뒤로 물러나게 된다 묘지를 거꾸로 걸으면서 불로장생 묘지기가 된다 허울 좋은 의리의 파수꾼이 된다

# 텅 빈 마을

정신 차리기 일 년 치를 다 써 버렸다 더는
차릴 정신이 없어

당분간은 조금

죽은 채로 있기 죽은 체하면서
밥 먹기 잠자기 일어나기

음

솔직히 한두 해 살아 본 것도 아니고 다들 알 거야

어차피 못 깰 퀘스트라면 고생은
되도록 혼자 하는 게 좋다는 거 매도 죽음도

혼자 맞는 게 제일 좋다는 거

혼자서 죽었던 일은 밖에 나가서
아무렇지 않은 척할 수 있으니까 그러면 아무도

—

모르고 아무도
모르면

와타시가 정말 죽었던 걸까? 되묻게 될 테니까

죽음이
하나도

두렵지 않게 될 테니까

그러니까 깰 수 없는 현실이라면 혼자 가거나 차라리
포기를 하지 왜
　파티를 맺겠어 와타시는 멍청이가 아닌데

그런데 너희는 많은 피를 들고 불쑥 동료가 되어서는

결국 다 죽을 거
결국 다 죽더라

—　그러면 이 유해를 혼자 어떻게 해 정신도

60

더는 없겠다 그래서 와타시도 죽은 거다

다 죽어 있으면

마을은
텅 빈 마음

마을은 죽음이 두렵지

영영 두렵지

## 베이스캠프 키드

지는 해의 정상이다 사람들이
저 멀리 젖은 능선 본다 사람들은

시간 따라 늙어도 괜찮다고 생각하는 모임이다
시간의 불나방이다

나는 친구 손 잡고 내려간다
시간 몰래 잰걸음으로 간다

친구는 나 먼저 보내고 나무 뒤에서
눈시울이 붉어진 아저씨들을 엿볼 수도 있지만
인기척을 탐내고 우정의 도리를 잊을 수도 있지만

하산하면서 황혼은 사진으로만 본다

나는 고개를 뻗고 친구의
예쁜 눈망울 본다

그러나 친구가 정상 돌아봐서
열린 시간이 징그러운 해로 가득해서

나는 눈 감고 캠프로 돌아간다
무정하게 구르면서 간다

제3부

# 미술관에서 살아남기
―와타시 8년


오늘도 와타시는 미술관에 쳐들어갔다

도슨트와 인사를 나누고 조용히 내부를 거닐면서
전시가 끝날 때까지 작품 같은 건 안 봤다

에어팟을 귀에 꼽고 우물거리는 힙합을 듣다가 감동도
했지
펜스를 감상하는 관람객이 진지해 보여서

좋은 전시라고,
와타시는 그에게 악수를 청하기도 했다

비트를 타면서

관람 방향으로 걷다가 반대로 걷다가 방향 같은 건 아
무렴 좋다고 생각했지
비트가 바뀌면 처음으로 잘 도착해 있었다 생각 같은 건
부끄럽다고 생각했으니까

전시가 끝나면 도슨트를 입구까지 배웅해 줬다

67

아는 얼굴이 많아서 눈물이 다 났다고
와타시는 훌쩍거렸지 비트를 타면서

## My heart is full

이야기를 보내고 나는
허망한 눈의 홈리스였다

또 온 이야기는
내 마음을 다 아는 것처럼 멈춰 있더니
왜 하나도 모르는 것처럼 성큼 움직여?

나의 이야기는
그래도 세상에 꼭 붙어 있었다

그러나 세상은 이야기에 관심이 없네
나의 이야기는 골목에 나랑 홀로였다
짝사랑밖에 못 하는 이야기는 나랑 같이 어디로 가나?

비가 내렸어 골목을
헤매는 이야기에 비 왔다

뒤에서 차도 오고 위에서 비도 오는 이야기에
후드를 뒤집어쓰고 내가 있었다
조명 없는 골목이 늘어나는 이야기에

내가 밤늦게 들어가 있었다

어디에도 우산이 없는 이야기는
우산 없이도 걸을 수 있다는 믿음의
이야기가 되어서

갑자기 바다를 향해 출발하고 싶은 마음의 이야기가
박스에 젖고 있었다 박스를 덮고

가장 먼바다로 가는 이야기 속에서 나는

착한 아이를 칭찬하는 이야기
잊은 사람과 대온실을 거니는 이야기
기름진 음식을 먹고 산책에 나서는 이야기
정말로 그중 무엇도 상상할 수 있지만 있을 테지만

날을 새는 이야기에만 나는 왜 있을까?
바다 가는 이야기는 왜 마음만 밟고 지나갈까?

가장 먼바다가 가장 무서운 바다가 되는 이야기에 나는

누워서

　파도를 밀쳐 내면서
　빗방울을 털어 내면서
　입을 벌리고

　마침내 내가 블루홀과 같아지는 이야기

　세상이 온통 바다인 이야기가
　골목을 전부 삼키고 있었다

　내가 누운 이야기의 이야기에서
　길 잃은 풍경이 무구하게 불어나고 있었다

●My heart is full: 폴 뉴먼, 「감마선은 금잔화에 어떤 영향을 끼쳤
나?」.

# 텅 빈 마을

—

이루고 싶은 바를 이룰 마음이 더는 없다면, 무거운
 마음을 산 밑에 내려놔서 먹을 마음이 더는 남아 있지
않다면,

 그렇다면 와타시는
 마음 없는 와타시가 되어

 높은 고도의 텅 빈 마을에서

 앞으로 움직이면 앞으로 움직였고 뒤로 움직이면 뒤로
움직였다 와타시는

 시간의 스파이 되어

 맨발에 슬리퍼로 발톱만 길렀다

 시간을 조망하면서 세월을 건너다닌 탓에
 마을에 심어 둔 사랑꽃 평화꽃이 한달음에 시들었어 미
풍에 전부 날아갔어 그러나

—

기쁘다 슬프다 말하지 않으니
구름 위에서 시간이 잘도 흐르네

떼잉
쭛

# 내 방에서 살아남기: Google maps
—와타시 11년


—

와타시는 런던으로 점프한다 우중충한
날씨를 여느 회상 신처럼 질주하다가 저
금발의 여자가 슬플 것 같아서 멈춘다 금세 슬퍼진다


괜찮아 레이첼


그렇게 말하지 않아도
와타시는 영국에서의 지난한 사랑을 시작하게 되고
그러나 도버 스트리트 1번 건물 앞의 레이첼은 런던을
모르고
와타시는 거기까진 생각하지 않았다 그러자


지금 당장 바다에 가고 싶은 기분이 와타시에게 싹터서
와타시는 유라시아를 가로질러 칭다오의 밤바다에 이
르게 된다
까맣게 굳은 열대야를 거닐며 레이첼을 한 칸씩 그리
워하다가
여전히 왕샤오가 서 있을 줄은 꿈에도 몰랐지


— 네가 돌아올 줄 알았어

꼭 그런 말을 할 것만 같은 왕샤오는 지평선을 응시한 채

홀로 땀을 쏟고 있다 지칠 생각은 전혀 하지 않고서

그러자 와타시는 정말 이별한 것만 같고


창밖 서울엔 한파가 시작되었다

그러나 창밖에 겨울을 등장시키면서까지 슬플 필요가 있을까


눈이 내리고 있었다


어떠한 소리도 내지 않고서

안전하게

# 세상의 심장

참호에서부터 탄약고까지는 한참이다

수중에 총알이 없기 때문에
나는 포화 헤치고 탄약고까지 뛰어가야겠지만

어쩌면 나는
전쟁이 싫은 것 같기도

전쟁이 싫은 마음이
엉덩이에 붙은 것 같기도?

엉덩이가 귀여워서 나는
참호 속에 주저앉기로 한다

어느새 아군은 참호를 덮친 적군과 치열한 백병전 속에
있고

총성이 들리지 않는 이유는 아마
나를 기준으로 평등한 세상에 마음이 몰입했기 때문?

그러자 탄약고가 더는 없다 그러나 싸움이라는 게
총이 없으면 칼끝이 예리해진다
칼이 없으면 누군가 주먹을 꽉 쥐기 마련이고

엎어져 있는 내가 어쩌면 전쟁을 싫어하는 탓에
그런 나를 세상이 염려하는 탓에
아군과 적군은 총을 잃고 칼을 잃고 주먹을 잃었지만
군인이라는 신분 또한 잃었지만

혀에 말이 남아서
눈물범벅이 된 채로

전쟁 못 잃어
사랑 못 잃어

하나도 못 잃는 역사를 세상이 잊네

나는 세상의 심장이 이 풍경 보면서

가끔은 절망했으면

한다 아마도?

하지만 세상이라는 게 호락호락하지가 않아서

세상이 밉고 비탄이 많고 그런 내 엉덩이는
참호 속에 기절해 있고

후회가 다 뭐야 반성이 다 뭐니
다시 칼부림이 일어나네 저 멀리 탄약고가 지어지고

세상의 심장이
세상 물정 모르기로 해서

폭발음과 함께 하늘이 쏟아지고 있다

아군과 적군이
시간과 함께 뒤섞이고 있다

# 난민 일기
―와타시 111년

―

서울은 슬퍼서 하루 만에 잠겼다

와타시는 너희가 제발 좀 그만 울었으면 좋겠다

차라리 귀를 자르고 조용한 세상의 와타시가 될까?
와타시는 그런 멍청한 생각일랑 하지도 않았다

다만 플라스틱 배 위에 누워 있을 뿐
젊기 때문에 젊은 날을 회상하지도 않았다

추억 금지 추억 금지

젊음의 비결은

사랑
하지 않기

해수면에서 고약하게 터지는 사랑은

슬픔거품 슬픔거품

―

지구를 망친

그것이 어떤 의미인지 궁금한 적 없어 와타시는
그저 몸을 한 번 돌렸고

낙조가 아무런 감흥 없이 수평선을 물들이고 있었다

그러나 낙조라는 것은 어떤 정서를 유발하려 하고 결국
와타시는
눈시울이 붉어졌지
옛날얘기를 속으로 중얼거리게 됐지

너희가 우는 동안 백 년이 순식간에 갔단다
이 출렁이는 시간들을 이제 어찌할 거야 왜

와타시의 서울을 잠기게 한 거야

그러나 너희는 수장된 채로

슬픔거품을 연달아 쏘아 올리기 혹은

슬픔을 입에 물고 가만히 있기

너희에겐 태어날 생각이라곤 없어서
와타시는 세상을 다 가진 기쁨에 몸을 또 돌렸지 아까 그
낙조는 벌써 다 졌고

멈추지 않는 그래픽의 바다에
어제의 낙조가 다시 지고 있네

이런 마당에,

—낙조 한 번에 몸 한 번 뒤집기
—슬픔거품에 현혹되지 않기
—일평생 플라스틱 위에서 홀로 살기
······

이런 다짐 말고 와타시가 더 무엇을 할 수 있겠니?

와타시는 갑자기 일어나서는 바다를 향해 두 손을 내밀
었다

금방이라도 바다를 받아 낼 자세로

물은 따듯하고 포근해 보여
그러나 폴짝 뛰어들지 않는 와타시, 와타시는

# 불량배

나는 사랑을 잃고 덤불 속에 들어가
아직까지 나오지 못하고 있다

너네 바보들아
사랑이 좋아? 너무 좋아서

덤불을 지나는 너네는 손을 꼭 잡고 있다

한 몸처럼

머리 두 개 팔 세 개 다리 네 개 몬스터가
덤불에 가렸는데도 아주 예쁘다

내가 너네를 덮칠 건데

너네는 사랑 중이라
덤불 인간을 구현하지 않았다

손을 잡은 너네가 멀리 간다

마음만 먹으면
너네는 더 멀리 갈 수도 있고

그건 없는 건 없는 채로 내버려 두자는 담합에 가깝다

덕분에 나는 실감에서 지워지고 있다

사랑을 위해
목숨을 바칠 준비가

나에게도 있지만

덤불 앞에서 만나기로 한 너는 도대체 언제 나타날까?
우리도 어서 출발을 해야 하는데

덤불 속에는
타고 남은 집터밖에 없다

나는 우거지는 덤불 속 생각하는 의자에 앉아

네가 쥐고 떠난 내
목숨만 그리워하고 있다

언에듀케이티드


—     이 2인 보드게임의 이름은 장미공원이다

그러니 이제부터 세상을 장미공원이라고 하자 머릿속
에 실과 바늘뿐인 허수아비가 세상의 성군이라고 하자 신
이 아직 없어서 세상에 고통이 구현되지 않았다고 하자 너
와 나는 돌아가면서 성군의 목을 친다고 하자 목을 친 사
람은 하룻밤 새 성군이 된다고 하자 성군은
세상에 핀 장미가 몇 송이인지도 알지

한 송이, 라고 말하면
한 송이의 장미만 가능해지는 세상

이해도 망상도 필요가 없는 세상

장미공원은 그 한 송이를 너에게 주는 게임이다

세상의 심장
나의 한나절

—     보이지? 공원을 믿는 나의 장미가

86

이토록 붉고 전능하다

전능해서

오늘 밤 내 목을 칠 너를
많이 사랑한다 무서워한다

그러나

장미공원은
장미공원

너나 내가 획,
나갈 수도 있지

허수아비는
허수아비

착잡한 허수아비

그러니 이 세상을 그저 장미공원이라고 하자

장미공원은
더 붉은 장미를 못 준 사람이
집에 가게 되는 게임

아주 잠깐씩만
무한한 게임

장미공원은 장미공원

장미공원은
장미공원

제4부

# 늦여름의 와타시

와타시가 늦여름의 수영장에 도착한 건 꿈에서

사방에 널린 개똥
세피아 색 물에 꽉 찬 사람들
군더더기 없는 와타시의 다이빙
쏟아지는 박수갈채

그 모든 것 역시 그 꿈에서

박수 칠 때 떠나지 않아도 되는 바로 그 꿈에서 와타시는

낡은 우수에 차서

다이빙의 황제가 되기 위해 노력 중 그러자
잊혀진 다이빙의 전설 와타시는

개똥밭에 굴러도 꿈이 좋은 느낌, 또
그런 자신이 싫지 않은 느낌?

다이빙이 끊이지 않는 수영장에서

정신만 차리면 계속 사는 꿈에서

늦여름은 절대 늦지 않은 느낌?

그래서 와타시는 수영장 물을 떠 마시며
이 꿈이 와타시와 잘 맞는다고 생각해

그러자 수영장이 한순간에 메말라 버리는 장면

와타시가 침착하게 다이빙대에 오르는 장면

●그런 자신이 싫지 않은 느낌?: 유튜버 '침착맨'의 유행어.

92

## 소년열전

　서른까지는 살아 보기로 마음먹자 와타시는 어느새 「서른 즈음에」에 진심인 편 유튜브에서 '서른 즈음에 노래방'을 검색한 뒤 따라 부르는 편 가사를 뜯어보다가 하나도 모르겠어서 눈물이 다 났어 그러나 누가 볼까 눈물이 쏙 들어가는구나 그러므로
　역시 와타시는 아직 젊군, 이라고 되뇌는 편 유리한 생각만 주문처럼 되뇌는 편

　그러자 아직도 여드름이 올라오는 와타시, 와타시는 세수를 하고, 옥상에 올라가서, 하늘을, 올려다봤다

　별 하나에 추억과
　별 하나에 사랑과
　별 하나에

　그러나 눈은 두 개뿐이고
　저기 저 별은 하나뿐이고

　별빛 눈망울을 반짝이며 너에게 윙크하는 와타시

그러나 더는 네가 없어서 더는
네가 필요 없는 세상의 와타시

뭐든지 혼자가 편한 와타시 혼자가
편해야 하는 세상의 와타시

이제
윙크 불능의 와타시

이제
별이 다 떠난 하늘

●별 하나에 추억과 별 하나에 사랑과 별 하나에: 윤동주, 「별 헤는 밤」.

# 출가 일기

침대 밑에 와타시가 잠들어 있다 나는 와타시를 흔들어 깨우고 세상 구경 좀 시키려 하지만 신발을 신기고 문을 열지만 금세 만삭이다 와타시가 세상과 척졌기 때문에

배 속 와타시는 집 나가기 싫어 발만 차고 나는 시간의 끄나풀인 탓에 복대 차게 된다 배부른 기억 금세 잊게 된다 이인이각으로 골목길 걸으며 혼잣말하는 사람 된다

둘만 있으니 우리는 순식간에 허물없는 사이다 허물이 없어서 너무 추운 밤이고, 추운 밤에는 몸을 부르르 떨기 쉽다 몸에서 떨어진 비밀이 하나둘 비명횡사하기 쉽다 그러자 나와 와타시, 우리는 쥐새끼의 친구 되어

그림자와 앞서거니 뒤서거니 하면서 사는 게 긴가민가 해서 집으로 돌아갈 궁리하게 된다 밤벌레한테 길 묻고 고양이 밥 몰래 먹고 쓰레기 보고도 줍지 않고, 우리라고 이런 우리가 예쁠 리 있을까?

와타시는 영하의 소낙비 되어 하수구로 쏟아진다 떨면서 우정과 목숨을 동시에 끝낸다 우리는 여태 한 번도 살

아 본 적 없거나 한 번에 아주 살아 버리거나 둘 중 하나
인 것 같고

  하수구에서 또각또각 소리 울린다 골목에서 풀풀 전쟁
냄새 올라온다 찢어진 시간 돌아 집에 도착하면 불이 들
어와 있고 물이 넘치고 있고

# 고스트 스토리
—워킹 홀리데이 편


오렌지 농장 한편에 서 있는 저 사람은 움직임이 바닥
난 것 같다 굳은 시간 속에서 한 그루의 열매를 수확할 때
마다 볼이 쑥 패이고 따라서 쓸모를 모르겠다

쓸모도 없이 욕이 늘고 욕이 늘면
No Ssibal, Keep Going
오렌지를 따며 다시 바삐 움직일 수도 있겠지만
매달 수중에 거머쥔 달러로 환차익을 기대할 수도 있
겠지만

그에게 오렌지 알레르기가 있다면 이야기는 어떻게 수
정될까?
그가 신분을 증명할 수 없다면 이야기는 어떻게 이어
질까?

다음 문장은 두드러지는 붉은 반점 앞에서 배를 곯으
며 망설이고 있다 그는 일단 이방인의 상태를 유지하기
로 하고
이국도 다를 것 없다 사람을 만나고 안부를 묻고 그런
일상도 더는 다음 장면으로 나아갈 수 없다

유령도 너무 많다 퇴마사는 전 세계에 좌판을 벌이고 있
고 강도를 만난다면
　빼앗길 게 없어 미안하겠지 총이 있다손
　탄약을 잃어버린 사람은 언제나 그다

　그러자 그는 오렌지 나무 밑동에 앉아

　뚱한 표정으로
　기분의 권능으로

　해보다 먼저 지는 생각을
　다 훔치면서 있다

　수상한 오브제처럼
　맥거핀의 영혼처럼

　미동 없이 농장을 벗어나고 있다

# 카우카소스스산에 놀러 간 와타시
―와타시 203년

와타시는 카우카소스스산을 기어올랐다 그것은 모빌 슈
트가 산 정상 바위에 묶여 있다는 익명의 쪽지를 받고 시
작된 일로

모함과 시기가 없으니 등반이
신의 사랑처럼 쉽다

그런 생각을 딱 한 번 했을 뿐인데

프로메테우스야 안녕
와타시는 벌써 정상이네

무얼 하다 이제야 나타난 거냐고 프로메테우스가 물었
지 그러자 이야기는 와타시가 태초부터 이곳에 앉아 있었
던 내용이 되어

내 슈트는 어디에 있지?
와타시는 단도직입적으로 묻는다

모빌 슈트는 무슨, 저 독수리나 타고 가라

그것은 와타시가 들은 최초의 유언

그러므로 독수리를 타고 자동으로 올라가는 와타시

아래를 못 보는 네 과오가 51퍼센트다
독수리를 감정 없이 책망하는 와타시 곧

솜털에 성에가 낀 와타시 다
생각이 있는 세계라서 흠

계획이 필요 없는 와타시 와타시는
커서 대체 뭐가 될까?

●아래를 못 보는 네 과오가 51퍼센트다: "그래서 문학은 언제나 '네 과
오가 51퍼센트다' 하는 설명 혹은 대답의 양식이 아니라 '얼마나 아프
니' 하는 질문의 양식인 것이다." 박형서, 「상처와 위로의 예술」, 『아뇨,
문학은 그런 것입니다』 변용.

# 태초 마을
—와타시 207년


와타시는 격추당했다
머리 위에 있었기 때문에

그런데 신의

머리 위에 어떻게 올라간 거임?

인간도 신도
아니어서 올라갈 수 있었지

맛없는 괴물이어서
먹히지 않았지

괴물은

또 어떻게 된 거임? 묻는 목소리가 없다 괴물을
피해 모두 달아났기 때문에

괴물은

관심을 못 받아서 떨어지고 있다

인간에 가까워지면서
신의 벌만 듬뿍 받고 있다

그렇지만

떨어지는 와타시를 걱정하는 사람이 있음?
와타시의 마음을 헤아려 본 사람이 있음?

다 떨어지고 나면

그곳에 사람이 있음?

더 떨어질 이야기가
그곳에 있음?

# 지하철 문에 기대서 쓴 일기

와타시는 나날이 괴팍해졌고 그 괴팍함에 대해선 자세히 쓰지 않을 것이다 자세히 쓰지 않은 덕분에 와타시는 오늘도 멀쩡한 인간의 모습으로 지하철에 오를 수 있었다 자세히 쓰지 않은 덕분에 공동체의 일원으로서 공공 에티켓도 지킬 수 있었고

공동체!?

와타시는 와타시가 그런 단어를 떠올렸다는 것에 너무 놀란 나머지 이만 내리고 싶었다 그런 와타시의
마음을 알았는지 내리실 문은 오른쪽, on your right, 右側です, 右側车门, 하늘에서 능력껏 알려 주고

너희는 와타시를 쫓아내고 싶구나?

와타시는 그렇게도 생각했어 그렇게 생각하자
내리기가 싫었어 너희가 싫었는데 내리기는 더 싫었어

하지만 순순히 내리는 너희가 있었다
이어서 순순히 오르는 너희도 있었고

그 장면이 와타시 속 괴팍함을 성장하게 하는 데에 기여
했지만 와타시는 괴팍함을 드러낼 자신이 없었으므로 단
지 공공 에티켓을 지키며 거의 울 지경이 되었다 거의 울
지경을 견디며, 너희는 너무 순순해서 가차 없구나, 그런
생각을 헤매며, 그러나 그런 지경과 생각일랑 안에 두고,
돈을, 냈기 때문에

그 모든 것들과 함께 지하철이 움직였다

와타시는 너희 속에서 너희를 노려보면서
멈췄다가 나아갔다 다시 멈췄다가 다시 나아가면서
구석에 몸을 구긴 채 원고의 마지막 문장을 적었다
이 불가능의 트랙은 왜 기어코 가능해지려 하는 것일
까요?

●이 불가능의 트랙은 왜 기어코 가능해지려 하는 것일까요?: 민경환·
이유야, 「위기가 와도 시체처럼, 난 할 수 없어 blink」.

# 언젠가 본 너의 이야기

무대는 있을 것이어서
무대가 있었다

청중들이 모인 가운데
와타시가 한 말씀 올렸다

본인은,

청중들을 둘러보면서 와타시는 잠시 생각에 빠졌다

와타시의 생각이 길어질수록 청중들의 눈은 점점 더 반
짝거렸어
그러니까

왜 이제야 반짝이는 거니 까마득한 청춘이 다 끝난 후
에야

청중들 너네는
처음부터 와타시 마음에 들지 않았다 그러므로

너희들 기대는 어림 반 푼어치도 없지
와타시가 가진 마음은 동전 한 푼에 달하는데도 불구
하고

슈숙

와타시는 순식간에 인파를 헤치고 빠져나왔다 그러고도
혼자 쓰기엔 많은 마음이 남아 있었으므로

이 마음을 나눠 먹을까 걸음을 멈추고 잠시 생각하다가
생각은 피곤하고 아무래도 너네는 혼이 나야겠어 와타
시는

텅 빈 홀로 나가게 되는 것

쓰레기통에 머리를 처박고 낡은 망토를 찾게 되는 것

할아버지,
뒤에서 누가 부르면

돌아보지 않고도 친구임을 알 수 있게 되는 것

그러니까 오래전부터
친구가 기다리고 있었다는 이야기 그것을
남은 마음으로 알 수 있었다는 이야기

쓰레기통 속에서 와타시는 그런 이야기를 본 것도 같
았다

벗어진 머리를 긁적이면서

제5부

## 에듀케이티드

세상의 심장을
주머니에 넣고

장미
공원
에서

나왔다
단숨에

단 하나의 내 숨에

소리를 닫고
장면을 끄고

일단,

내가 너를 참자
영원을 위해

그런데도

이동이 왜 불가능?

없는 너는

상상이 왜 가능?

중얼거리는 나를
딱딱한 섬망 위에 앉은 내가
부끄럽게 내려다보고 있었다

세상은 가만히 있지 않을 것이다

울지도 않고
밤새 운 척하면서

나를 걱정시킬 것이다

그래서 나는 주머니를 자르는 사람이 됐어 이제 나를

현명한 주머니공이라고 불러도 될까?

나 주머니공은
뜨거운 주머니를
상상의 지평선까지 던진다

소실점으로 주머니 빨려 들고
세상은 금세 줄어들지만

세상의 심장이 세상 물정 모르기로 해서

원근법 속에서 심장이 뛴다
멀어지면서 네가 커진다

그래서 내가

마음도 잘랐어
세상을 등졌어

푸줏간으로

쥐구멍으로

볕 들 날 기다리지 않고

갔어 혼자서 계속 갔어

이동을 믿고
상상을 믿지 않으면서

생각을 버리고
말을 했어

모르는 허공에
아무 말이나 했어

바람 불어도 풀 쓰러지지 않고
비 와도 땅 젖지 않을 때까지

세상을
쉼 없이

잘랐어

맵을 뚫고
나가고 싶은데

고개가 안 돌아갔어

온통
내 얘기뿐이었어

그래서 내가 내 이야기에 숨었다

말을 따라 움직이고
말을 따라 생각하고

말이 돼?

아무 말없이 말을 믿으면
말은 언제나 됐다

언제나 되는 틈으로

딱딱한 섬망 위에 앉은 나에게
내가 말을 걸었다

# 순수 여름

거절을 못 해서 여름 왔다 거절을 못 해서
이어지는 상상에서 나는 대온실의 한복판이다 갇힌

자연은 이국적이고 생동적이지만

여름 이야기 덥고 싫어서
초장에 발 뺐어 이제 나는 등장하지 않게 된다
내 방에서 에어컨 켜고 이불 덮게 된다

여기서부터는 네가 대신 여름해
내 말을 믿어 보는 여름 이야기가 너는 신나서

모르는 풀과 나무를, 두꺼운 더위를, 구경하다가

아름답다고 말하게 돼 말한 다음에야 정말
아름다운가 자동으로 생각해 보게 돼

너의 말과 생각

그런 건 네가 처음부터 가지고 있어야 한다 대온실

—

바깥에서부터

　그러니까 너의 자동은 나와도, 갇힌 자연과도, 하물며
너 자신과도 상관이 없는 일이다 대온실을 뚫고 쏟아질
　유성이나 새 떼와도 상관이 없는 일이다 수풀 뒤에 숨어
서 뛰쳐나갈 순간만을 기다리는 오소리의 허기와도

　상관없이

　모든 곳에서 웃자라는 일이다 여름처럼 너의 미래는
시원하고 포근한 이불 너머에서 풀과 나무는

　더 이야기할 나위 없이 나를 지나치는 중이다
백야의 설산까지 달려 나가는 중이다

—

# 뒤에서
—민경환에게


전장을 지나 우리 무리는 마을 입구에 도착했다

마을은 장송곡이 한창이었다
빨랫줄에 걸린 흰 옷가지가 두껍게 펄럭이고 있었다

우리가 지난 밤새 죽어 나갔다는 걸
모두가 눈치챈 거야
우리 보고 다시 돌아가라는 눈치인 거야

너는 내 등 뒤에 실린 채
없는 눈물을 눈 뒤로 모조리 쏟으며 말했다

사흘을 기다려 볼까? 그러면
장송곡이 멈추지 않을까? 그러나
우리에게 더는 시간이 없구나

우리는 그날 밤 번뜩이는 달빛을 받으며
서로의 피규어를 본뜨고 그것을 빚고 그것을 세우고
그것을

—　복숭아나무 뒤에서 넘어뜨렸다

간단하게
마을 밖으로 돌아 나갔다

나가면서
유년의 기억 없이 마을을 상상할 줄도 알았다

그러나 상상은 무슨
어림도 없지

내 이럴 줄 알았다

다 알았기 때문에 세상을 뚫고 눈이 하얗게 내렸네
보기 좋게 우리는 파묻히고 있었네

끝나지 않는 장송곡 뒤에서
피규어의 도끼가 허공을 베어 내고 있었네

—　텅텅 울리는 복숭아나무에선 매화나 동백이 왕창 피었

다 떨어지기도 했다

Anywhere out of the World

그러니까
꽃잎을 머리에 인 채 마을을 떠나는 무리는 우리였다


온통 눈뿐인 세상 뒤편으로
우리는 그렇게 출정할 줄도 알았지


절뚝이는 좌절아, 어서 오고

●텅텅 울리는 복숭아나무에선 매화나 동백이 왕창 피었다 떨어지기도
했다: 최정례, 「심정의 복사본」 변용.
●Anywhere out of the World: 샤를 보들레르의 시.

## 바그다드 카페

나는 바그다드 카페 한구석에 앉아
바그다드 카페를 굴러다니는 회전초 보고 있었다 언제
부러졌는지 모를 박차를
티슈로 문지르고 있었다 바그다드 카페에선 바그다드
카페 노래 나오고 있었다 바그다드
카페였기 때문에

바그다드 바그다드
더운 날이었다

문에서 끼익 소리 내며 보석상 들어왔다 카우보이 들어
왔다 정치인도 들어왔나?
초등학생 들어왔다 시위가 있었어 파티가 있었어 오일
장이 열린 탓에 야외수업은 취소되었다 초등학생은 집에
갈까? 놀다 갈까? 고민하다가
자라서 가우초가 되었다 농장에 자리를 얻게 되었다 그
런 일들이 빠르게 일어났다 바그다드 카페에서 오 분 뒤에

공연이 열렸다
가우초와 카우보이는 주먹다짐하고 있었다 서로가

바그다드 카페를 더 먼저 알았다고 주장하면서

나는 그 뒤에서 카페를 나가자고 다짐하고 있었다 다
짐하면서 카페에 잘 있었다 바그다드 커피를 잘 마셨다
　파리가 커피 잔 맴돌았다 바그다드 파리는 커피 잔 맴
돌다가 바그다드 왕파리가 되었다 더운 날이었다 파리가
　일 초 만에 왕파리가 될 만큼 바그다드 카페의 자랑이
될 만큼

　바그다드 왕파리는 손님들을 놀래 주는 업무를 담당하
게 되었다 손님이 커피 쏟으면
　바그다드 왕파리는 팬 서비스로 공중을 한 바퀴 돌아
보였다 일 분 뒤에

　공중 묘기를 부리던 바그다드 왕파리는 무대 앞 카우
보이의 총에
　우연히 맞아 죽게 되었다 커피 쏟은 가우초는 울고 있
었다 더운 날이었다 바그다드 왕파리가

　한 번에 죽을 만큼 작은 게

죽어도 이상하지 않을 만큼

바그다드 카페의 모든 손님들은 바그다드 왕파리의 죽음 보고 있었다 바그다드 카페의 모든 손님들은 바그다드 카페에서

오 분 안에 죽게 되나?
안 죽을 수는 없나?

죽고 싶어

그런 말은 아무도 하지 않았다 않았지만
바그다드 왕파리는 싸늘한 시체였다 겨우 콩알만 한 주검이
무대 위를 구르고 있었다

나는 바그다드 카페에 앉아 그 모든 것을
보고만 있었다 보고도
잘 있었다 바그다드 카페에서
내가 잘 있어야 되는 이유를

모르고 있었다 바그다드 커피가
아직 뜨거웠기 때문에

가우초는 더 자라서
죄책감 없이 파리 잡게 되었다 오 분 뒤에
전장에 투입되게 되었다 오 분 뒤에

훈장 달고 바그다드
카페로 돌아오게 되었다

바그다드 바그다드
하얗게 센 가우초의 수염은 푸석했다
더운 날이었다
더운 날이었는데

바그다드 바그다드
보석상의 손자와 카우보이의 딸이
커피를 주문하러 내게 왔다
죽으면서 왔다

# 국가 아방가르드의 유령

—

나는 성벽 밖에 있었다
그것은 예정에 없던 일로

죽은 건 나였는데 너무 많은 유령들이 괴로워했다

나는 무대에서 떨어질 것만 같은 자세
한쪽 어깨는 땅에 다른 한쪽은 성벽에 기댄 채 비스듬히
엎어져 있었지 조명은 성벽 위의 궁수

코어에 힘을 주고 무대 끝을 버티는 동안

성벽 위에서 백 미터 간격으로 궁수가 배치되고 있었다
아, 기립근이 쑤셨어
뚫린 주머니에서 주먹을 꽉 쥐었어 그것은 보이지 않는
일 그러므로 세상은 반응이 없고

따라서 귀뚜라미 소리만이 밤을 전부 누렸다
다음 근무자로 보이는 궁수가 옷깃을 여미며 성벽 초소
에 가까워지고 있었다
그 틈을 놓치지 않고 두 차례의

—

세계 전쟁이 있었네 사위는 순식간에 암전
웅성거리는 암흑 속에서

쓰러트려지는 동상과 재건이, 파렴치와 요란한 구호 활
동이, 베이비붐과 강을 따라 흐르는 기적이, 귀뚜라미 소
리 뒤에서 성 밖을 정신없이 쏘다녔지 유령 친구들이 쓸
데없이 불어나고 있었지 마침내 조명이 들어오고 새로 온
궁수가 특이 사항을 인계받는 동안 성 밖은 세계적으로 외
로워지고 있었지 궁수는

활시위를 당기는 애드리브로 극을 이어 나갔다
나는 유령들을 끌어안고 무대 밑으로 몸을 던졌네

전격적인 박수 소리
그것이 우렁찼으므로 곧이어 화살이 발사되었다

나쁜 뜻 없이,
종이를 북 찢듯,
슬쩍 꿈틀거리며,

다 쓴 복숭아나무를 향해 텅 빈 우리들을 향해

채 익지 않은 복숭아가 화살촉에 스쳤네
한 겹씩 살을 풀어내며 허공에서 떨어졌네
마침내 그것이 내 머리를 딱, 하고 때렸을 때

그것은 무수하게 갈라진 단 하나의 씨였다

That is an absolutely devastating exterminating
attack
그저 모든 것이 너무나 휙 하고 일어났을 뿐이다


●국가 아방가르드의 유령: 2018년 베니스 비엔날레 제16회 국제건축
전 한국관 전시명.
●That is an absolutely devastating exterminating attack: W.
G. 제발트, 『공중전과 문학』.
●그저 모든 것이 너무나 휙 하고 일어났을 뿐이다: W. G. 제발트, 같
은 책.

## 언젠가 본 너의 이야기

나는 또 시작이야 이야기를
미뤄 왔으니 다시 하는 이야기는 지난 이야기와
먼발치에 있다 나는 멀리서
밀려난 시간 관망하고 있다 사이에
숲 있고 숲에 적 있고 적은
적이 아니었는데 언제 적이 되었지? 언제부터
저기 있었지? 모를 그들이
이쪽으로 진군하고 있다 열대야처럼

나는 또 시작하면서
power overwhelming
power overwhelming, 잊힌
약속 소리치고 있다 다가오는 숲 향해
빠져나온 향우들 향해
그러나 메아리는 등 뒤로만 가고 있다
해자 너머 성 향해
성 너머 비둘기 떼 향해 비둘기 떼 놀라서
와르르 하늘로 달려들고 하늘 깨지고 하늘에서 떨어지는
마음 툭
치면서 마음이랑 싸운다 마음 아프고 마음 낙사하고 마

음

이제 이야기에 없어 그러므로

사랑도, 사랑의 다음 풍경도 소용이 없다 메아리는

점점 더 뒤로 가 마구잡이로 불어나 죽지 않고 대책 없이

나는 흩어져 메아리 타고 탈영병처럼

그중 하나는 비 갠 오후에 도착한다 탁구 치고

강아지랑 산책하고 친구

전화 기다려 우중충한 여름

바람 쐐 메아리

높게 불어

●power overwhelming: 게임 스타크래프트의 치트키. 입력한 플레이어는 무적이 된다.

제6부

## 자생

망한 양식장에 몰래
들어간 장면에 있다

철조망을 뛰어넘은 뒤라고 생각해서
붉은 녹이 손금에 칠해져 있다

끓여 먹은 자바리의 뻐끔거림
태평양 먹구름이 된 기포 소리
망 없는 뜰채의 올 끊어지는 소리를

걸터앉아서
한 번에 듣고 있다

우듬지의 그림자가 시간을 잊고
텅 빈 기척 속에 함께 있다

## 바그다드 카페

바그다드 커피를 마시면 언니와 형이
보고 싶었다 언니와 형은

유학에 실패하고 유학에 실패하는 법을
공연하는 연극인이 되었다 부조리극만 올렸다

언니와 형은 바그다드
카페를 모르기로 했다 바그다드
카페를 부끄러워했으므로

바그다드 카페에는 함정이 많았다
우는 손님은 사라졌다 바그다드

카페 밑으로

바그다드 카페 밑은 쉬는 날 없었다
연극 준비로 항상 삐걱거렸다

언니와 형이 그곳의 공동 연출이라는 사실을 나는 알았
지만 바그다드

카페는 그 사실을 모른 척했다
언니와 형이 보고 싶어지는 마음을 지키고 싶었으므로

바그다드 카페는 역마살이 강했다 서울에도
종종 갔다 광화문 체인점이었던 날에는

언니와 형의 친구가 왔다 언니와 형이
여기 있는 걸 안다고 언니와 형이 연극으로
다 말할 거라고, 언니와 형의 친구는 나에게
미래를 다 말했다 다 말한

언니와 형의 친구가 할 말이 없어서 울까 봐 나는
울면 안 되는 캐롤을 틀었다

더운 바그다드 카페에
서울의 눈이 쏟아졌다 광화문이
바그다드 카페 밑으로 쑥 꺼졌다

나는 바그다드
커피를 마시면서 바그다드

카페의 러닝타임을 지나고 있었다

# 대릉원 르포

어릴 때였다 대릉원을 거닐고 있습니다 할아버지 손을 잡고 아주 어릴 때 그랬다 내가 물었지 저 안에 뭐가 들어 있느냐고 그러자 할아버지는 웃고 있습니다 잘 모르겠다는 듯이 그래서 생각했지 텔레토비 동산이 귀엽게, 귀엽게 있구나 그러므로 뛰어놀고 있습니다 놀다가 지쳐서 누워 버렸지 동산 위에서 잠들어 버렸지 잠들고는 일어나지 못했다 그날이 할아버지의 마지막이었다고 너 혼자 살아 돌아왔는데 정말 기억이 안 나냐고, 그건 내 딸한테 들은 이야기

그러자 내가 대릉 위에서 자고 있습니다 선생님 이런 데서 자면 큰일 나요 내가 일어난 것은 노인이 다 된 후에, 이곳에 너무 많은 것이 묻혀 있다는 사실을 기억해 낸 후에, 나는 정신을 차리고 나를 깨운 젊은이에게 묻고 있습니다 이보게 여기가 대체 어디인가 그러자 젊은이가 공원이라고, 동산이 많은 아늑한 공원이라고 알려 주고 있습니다 그래서 날씨가 좋았지 기분 좋은 산책을 할 수 있었지 젊은이와 함께 대릉의 굴곡을 따라, 그건 엄마가 들려준 이야기

내가 대릉원에 도착한 건 밤이 다 돼서였다 나는 대릉 위에 가만히 누웠다 그건 젊은이가 막 쓰기 시작한 이야기

그러나 대릉은 미동도 없습니다 그러자 곧 내가 일어나고
있습니다 엉덩이를 훌훌 털면서 침착하게

## 바그다드 카페

나는 약간의 커피처럼 남아 있다
손님들은 내가 곧 사라질 것이라 예감하고

식지 않는 바그다드
커피에서

남아 있다는 기분만이 미세하게 떨린다

손님들이 수군거리기 때문에
나는 창가로 자리를 옮긴다

이제 이곳은

앞으로 오 분간 정적일 것이다
그 후엔 경찰들이 들이닥칠 것이고 도대체

그런 일은 왜 일어나려는 걸까?

근미래의 손님들은

지나간 장면을 후회하면서
말하기 전에 생각하는 교육을 받겠지만
그전에

문틈으로 열린 시간이
후회하는 심정을 정확히 쏘겠지만
그전에

나는 창문 속 카페를 노려보면서 안
궁금한 미래를 암시하고 있다 오 분이 채
흐르기 전에 자리를 뜨고 있다 남은

바그다드 커피를 들고 바그다드
카페

밑으로 기어들어 가고 있다

바그다드
카페는

이 순간을 오래 생각해 왔다

기대하고 때때로
망각하면서

시간의 섬망 속에 있다

# 언젠가 본 너의 이야기

추워졌다
하루 만에

그런 하루가 연달아 지났는데
진짜 진짜 추웠는데

생각을 한 탓에 우리가 얼어 죽지 못했다

생각은 움직이면서
저절로 움직이면서 해야지

뜻대로 걷다가
뜻 없이 걷다가
걸을 수 있어서
풀 죽어 앉아 있다가
하늘 한 번 보고
없는 별 세다가
꿈 밖으로
뛰쳐나가지 않고
굳은 장면 속에

잠깐 서 있다가
바닥에 발 가끔 문지르고
좌우 흘긋거리고
슬쩍 잠든 친구
흔들어 깨우면서

우리가 생각이란 걸 해 봤어

곧게 뻗은 길의
굽이침 느끼며

우리가 다음 장면에 있어도 되는 이유 같은 거
우리가 우리인 이유 같은 거

어쩌면 아주 유치하고 슬픈 거

우리도 이 꿈도

사라질 생각이 없네
눈치가 하나도 없네

그래서 말없이 생각만 했다

저 멀리
커브 길까지

지는 해의 커브 길까지

넘어지거나 밀지 않고
세상에 혹하지 않고

꿈의 테두리 빙 둘러서

바람과 볕 없이 풍경
장마와 술 없이 슬픔

걸었어 생각으로
생각의 자동으로

우리는 왜 떠나지 않고

떠나는데 떠나지지 않고

꿈속에 쏟아져 있었어?

언 생각이 뭉텅이씩 잘려 나갔어?

안됐어 우리가
계속 있었어 리얼로

몰라도 되는 우리를 우리가 알아서

걸었어 우리가
있다고 생각하면서

신처럼 불량배처럼
언젠가 본 이야기처럼

## 일치하는 역사

—

　가방은 목적지를 운반 중이다 너는 생각에 실려 하염없고 열차는 제시간에 도착한다

　너는 무거운 가방을 두고 내린다 그러나 나는 올라타고 만남을 기준으로 우리는 어긋나고

　무거운 가방은 번갈아 옮기자고, 그런 약속은 한 적이 없는데 문이 닫힌다 어둠이 만연한다

　여전히 가방을 운반하고 있군, 나는 중얼거리고 너는 내 동선을 거슬러 오르고 우리는

　맹목을 동력으로 움직이는 상상이다 마주 보며 서로 다른 세계를 지시하는 퇴적층이다

　그러자 열차가 들어오고 있다고, 가방을 열면 빛으로 우거진 승강장이다

—

# NPC의 자각몽

이희우(문학평론가)

**1.**

명랑한 놀이가 끝나고, 한여름 낮의 사랑이 끝나고, 저녁을 먹고, 아름다운 노을이 지고, 밤이 되었다. 혼자만의 방에 돌아왔다. 이제 뭘 해야 할까? 누워서 꿈을 꿀 때다. 약간은 생기를 잃은 낮의 잔상이 꿈속으로 들이닥칠 것이다. "내가 누운 이야기의 이야기에서/길 잃은 풍경이 무구하게 불어나고 있었다"(「My heart is full」). '나'의 꿈은 "이야기의 이야기"다. 현실이 아닌 '이야기'를 재료로 삼아 만들어진 꿈이기 때문이다. 범람하는 것은 "길 잃은 풍경"이다. 꿈속의 '내'가 목적이나 초점을 잃어버린 채 두리번거리기 때문이다. 물론 화자는 이것이 꿈이라는 사실을 알고 있다. "이제 내 차례야 내 죽음은 클라이맥스야 그건 내 꿈"(「고스트 스토리—벌꿀오소리 편」). 말하자면 '나'는 자각몽을 꾸는 사람이다.

자각몽은 꿈임을 자각한 채 꾸는 꿈이다. 어떤 사람은 무심결에 자각몽을 체험하게 되지만, 어떤 사람은 평생 자각몽을 꾸지 않을 수도 있다. 그래도 자각몽을 꾸고 싶다면 꾸는 방법을 연습할 수 있다고 알려져 있다. 자각몽에 능숙한 사람은 꿈속에서 하늘을 날아다니거나, 만나고 싶은 사람을 만나거나, 마음대로 시공간을 변경할 수 있다고 한다. 꿈을 연극에 비유하면, 자각몽을 꾸는 사람은 연극의 연출가인 동시에 등장인물인 셈이다. 연출가인 동시에 등장인물인 자—그는 꿈의 '일인조'다.

보통 '인조(人組)'라는 말은 '삼인조'나 '사인조'처럼 인원수가 복수인 경우에만 사용하기 때문에 '일인조'라는 단어는 어색하게 느껴진다. 그 어색한 단어를 곱씹으면 자각몽을 꾸는 사람 말고도 이런저런 인물의 이미지가 떠오른다. 가령 여럿이 작당해야만 해낼 수 있는 일을 혼자 하는 도둑. 혹은 세 명 혹은 네 명으로 조를 짜야 하는 체육 활동에서 어느 조에도 속하지 못한 한 명의 중학생. '일인조'라는 말의 어색함이 부족하거나 넘치는 수로서 '하나'를 생각하게 하는 것이다. 여러 역할을 떠맡아야 하기에 불완전한 하나. 혹은 어디에도 속하지 못하는 나머지로서의 하나.

마찬가지로 이 시집에서 '나'는 일인다역을 맡고 있고, 한편으로는 어디에도 속하지 못하는 외톨이의 자의식을 갖고 있다. "세상은 이야기에 관심이 없네/나의 이야기는 골목에 나랑 홀로였다"와 같은 구절에서는 외톨이의 자의식이 잘 드러난다(「My heart is full」). "나,/왕 와타시야,//너는 일단 살아야겠다"라는 구절에서 '와타시'는 '나'였다가 금세 '너'

가 되는데(『유서—와타시 1년』), 이런 식으로 '일인조'는 하나 이상의 존재로 분열한다.

즉 『일인조』에서 '와타시'는 이야기 속 캐릭터의 이름이면서 어떤 경우에는—와타시(わたし)라는 일본어 뜻 그대로—'나'를 뜻하기도 한다. '와타시'의 이런 변환은 이유야 시의 전개 방식에서 기인한다. 이야기의 안팎을 넘나드는 것이 이유야의 시가 쓰이는 방식인데, '와타시'는 이야기 속에 있는 반면 '나'는 이야기 안팎을 들락날락한다. '와타시'는 '내'가 이야기에 접속할 때 빙의하는 아바타로, 둘은 동일시되기도 하고 분리되기도 하는 것이다. '일인조'의 이러한 분리/중첩은 자각몽을 꿀 때의 자기 인지와 비슷하다. 즉 『일인조』의 화자는 이야기의 연출가인 동시에 일인칭 등장인물이다.

헛간에서 발견된 슬픔으로 빚어진 조무래기들이 골목길
  곳곳에서 웨인을 기다리고 있었다 웨인은
    조무래기들에게 이끌려 거대한 문 앞에 던져지고는
    곧장 그 문으로 빨려 들어갔어

    그것은 흡사 린치 직전의 장면처럼 보였어 무서웠어 눈
  을 감고 나는 다른 길로 샜는데

    시카고였다

시카고는 바람이 가득한 도시

바람을 정통으로 맞으며 나는
유리의 흔적을 찾기 위해 한 발자국씩 걸음을 옮겼다
트렌치코트 안에는 리볼버를 숨긴 채였다
— 「웨인은 꼭 옛날 사람 같다 2」 부분

'나'는 마을의 골목길에서 시카고로 점프한다. 기억이나 상념의 전개가 그렇듯이, 순서나 개연성에 아랑곳하지 않고 이 장면에서 저 장면으로 도약한다. 비약적으로 접합되는 것은 행과 행뿐만이 아니다. 세계관 자체가 개연성이나 연속성에 구애받지 않고 접합된다. 이유야의 시에서 그려지는 '마을'은 근대화되지 않은 촌락공동체 같지만 "나는 중장비를 몰고 건물 앞까지 간다"는 말에서는 현대를 배경으로 하는 듯 보인다(「웨인은 꼭 옛날 사람 같다 3」).

이유야의 많은 시에서 '이야기'와 '장면'이라는 단어가 반복되는데, 그것은 '내'가 이야기와 장면을 배치하고 조립하는 연출가라는 사실을 알려 준다. 라이트노벨의 장르적 요소, 게임 용어, 인터넷 밈, 한국시의 구절, 책의 문장 등은 탁자 위에 넓게 펼쳐진 재료들처럼 분방하게 활용된다. 연출가와 등장인물을 넘나드는 방만함은 이야기 속에 있는 '웨인'이나 '와타시'와 이야기 바깥에서 그들을 바라보는 '나'의 분리를 야기한다. 그러므로 이야기에 대한 거리는 '내'가 자신에 대해 갖는 거리이기도 하다. '웨인'은 '나'의 과거를

서사화하는 과정에서 태어난 인물인 것 같다. '웨인'은 '유리'를 사랑했지만 버림받았다. 그러나 "그렇게 버림받고도 건초 더미에 파묻혀 유리를 떠올릴 뿐인 머저리였다"(『웨인은 꼭 옛날 사람 같다 1』). "웨인은 꼭 옛날 사람 같다"는 제목은 사랑과 열정, 이별과 슬픔의 드라마가 지나간 시절의 이야기라고 말하는 것처럼 읽힌다.

'나'는 '웨인'의 지나간 사랑 이야기와 '와타시'의 역사를 거리를 두고 지켜본다. "이야기의 이야기"는 신비가 사라지고, 사랑이 끝나고, 몰입이 깨지고, "마음 없는 와타시가" 된 이후의 이야기다(『텅 빈 마을』). 따라서 『일인조』의 시들은 전반적으로 회고적이다. 우리는 어떤 상태를 빠져나오고 나서야 그 상태를 이야기로 만들 수 있기 때문이다. 마음이 끝나고 나서야 마음에 이름을 붙일 수 있다.

상황에서 어느 정도 거리를 둘 때 비로소 상황의 윤곽과 성질을 가늠해 볼 수 있다. 마찬가지로 이야기 바깥으로 나갈 수 있다면 그것의 외곽과 재질을 볼 수도 있을 것이다. 이유야의 시에서 이야기는 그 자체로 물성을 갖기도 한다. "갑자기 바다를 향해 출발하고 싶은 마음의 이야기가/박스에 젖고 있었다"(『My heart is full』). '이야기'는 화자가 덮는 '박스'가 되기도 하고, 화자가 덮고 있는 '박스'에 젖어 드는 비가 되기도 한다. 이처럼 이 시집에서 이야기는 품에 안을 수 있을 만큼 작은 것이면서 환경처럼 거대한 것이다. 이야기 안팎으로의 넘나듦을 기록하기에, 시의 표면은 "이야기의 이야기"가 쓰이는 현장이 된다.

그에게 오렌지 알레르기가 있다면 이야기는 어떻게 수정될까?

그가 신분을 증명할 수 없다면 이야기는 어떻게 이어질까?

다음 문장은 두드러지는 붉은 반점 앞에서 배를 곯으며
망설이고 있다 그는 일단 이방인의 상태를 유지하기로 하고
　이국도 다를 것 없다 사람을 만나고 안부를 묻고 그런 일
상도 더는 다음 장면으로 나아갈 수 없다
　　　　　　　　　—「고스트 스토리—워킹 홀리데이 편」 부분

여기서 시의 전개는 화자가 이야기를 상상하고 써 내려가는 과정과 일치한다. 따라서 독자 역시 이야기에 몰입하고 재현된 깊이에 잠기기보다는 텍스트의 표면을 체험하게 된다. 『일인조』에 가장 많이 나오는 단어를 꼽으라면 '이야기'겠지만, 역설적으로 화자가 들려주는 "이야기의 이야기"는 이야기의 상실을 말하고 있다. 몰입할 수 없다면 그만큼 이야기가 가진 힘은 감소하기 때문이다. "이야기의 이야기"는 이야기에 대한 메타적 거리, 즉 탈몰입 상태를 전제한다.

## 2.

현대 예술이 자신의 역사에 메타적 거리를 전제한다는 것은 상식이 되었다. 예술은 자신의 역사를 재귀적으로 참조하고 형성하면서 확장되어 온 것이다. 그래서 미술관에

가서 현대 미술 작품을 볼 때 미술의 역사와 맥락을 모르는 사람은 당혹감만 느끼기 쉽다. 그것은 게임의 규칙을 모른 채 게임에 참여하는 사람이 느끼는 당혹감과 비슷하다. 우리는 현대 예술을 규칙과 관습이 축적된 게임으로 바라볼 수 있다. 작가는 게임에 참여하면서 게임의 규칙에 조작을 가하는 것이다.

마찬가지로 한국시를 자체의 역사, 담론, 제도, 관습들이 엮여 있는 장(field)으로 이해해 볼 수 있을 것이다. 이 장은 무수히 많은 문화적·정치적·역사적 코드로 이루어져 있고, 시기에 따라 코드의 종류와 배열은 계속 달라진다. 어떤 시인의 스타일이나 감수성이 새로운 코드를 형성할 수도 있고, 코드의 형성을 역추적하여 그것이 어떻게 구성되었는지 분석할 수도 있을 것이다. 이유야는 근래 한국시의 몇 가지 코드를 패러디의 재료로 삼는 듯하다. 『일인조』의 시들은 많은 각주를 달고 있다. 유명한 책에서부터 인터넷 밈에 이르기까지 시시콜콜한 각주를 달지만, 주요하게 패러디되고 있는 시인들은 언급하지 않는다. 이 의도된 침묵은 역설적으로 근과거의 시에 대한 의식이 시집의 핵심적인 사안이라는 것을 알려 준다.

예를 들어 '장미공원'이 나오는 「언에듀케이티드」나 「에듀케이티드」는 김승일을 패러디한다. "할아버지,/뒤에서 누가 부르면//돌아보지 않고도 친구임을 알 수 있게 되는 것"이라는 구절은(「언젠가 본 너의 이야기」) 황인찬의 시구를 비틀고 있다.[1] 기성의 시어나 시구를 저글링하듯이 가지고 노는 한편, 이유야의 시에는 2010년대에 사라졌던 '불량한' 화자가 돌아왔다고 볼 수 있는 면도 있다. 가령 다음 시에서 '나'는 슬픔과 사랑을 말하는 다정한 친구들을 삐딱하게 바라본다.

슬프거나 사랑하거나 둘 중 하나를 택하지 않고도

나는 계속될 수 있다 계속,
할 수 있다 그런 믿음을 갖고

살았더니

나는 순식간에 무덤 속 두 주먹을 꽉 쥔 송장이었다
내 묘비에는 빨간 글자로 전쟁광이라 적혀 있었다

하지만 친구들아 그건 전부 오해야
그러니 나를 그만 미워하렴
딱 한 번만 내 말을 들어 주렴

그러나 친구들은 슬퍼하거나 사랑하면서 쑥쑥 자랐다

---

1 황인찬의 「종로오가」에는 다음과 같은 구절이 있다. "할아버지,//하고 누가 부르는데 날 부르는가 해서 돌아보았다"(『희지의 세계』, 민음사, 2015).

슬픔과 사랑이
무덤 위에서

다 해 먹고 있었다

너네 다 싫어,
싫은 마음으로

나는 흙을 씹어 먹으며 살았다

그러나 필요하다면 벌떡
나는 일어날 줄도 알지

내가 벌떡 일어나면

우르르 몰려든 친구들은 금방이라도 내 목을 칠 기세
그러나 목을 치지 않고 나를 다시 정성스레 묻으며

네가 이렇게 못나서 슬프다고
그러나 모든 이야기로 사랑한다고

어쩌고저쩌고 진심으로 말했다

—「아크로바트」부분

"슬픔과 사랑이/무덤 위에서//다 해 먹고 있었다"는 익살맞은 문장을 동시대 시(혹은 시단)에 대한 시인의 인식을 드러내는 것으로 볼 수도 있지 않을까. 만약 "슬프거나 사랑하거나 둘 중 하나를 택하"는 것이 게임의 규칙이라면, "둘 중 하나를 택하지 않"으려는 고집을 피우다가는 게임에 참여할 수 없는 외톨이가 될 것이다(혹은 선택하고 싶었지만 이런저런 이유로 못 한 것일 수도 있다). '나'는 친구들이 공유하는 감수성과 언어에서 벗어나 있다.

> 너네는 사랑 중이라
> 덤불 인간을 구현하지 않았다
>
> 손을 잡은 너네가 멀리 간다
>
> 마음만 먹으면
> 너네는 더 멀리 갈 수도 있고
>
> 그건 없는 건 없는 채로 내버려 두자는 담합에 가깝다
>
> 덕분에 나는 실감에서 지워지고 있다
>
> ──「불량배」 부분

"실감에서 지워지고 있다"는 말처럼, '나'는 아무런 존재감이 없는, 재현되지 않는 존재다. 사랑 이야기의 주인공인

'너네'는 재현되지 않는 것을 없는 셈 치고, "없는 건 없는 채로 내버려 두"려 한다. 이 구절은 '컬링(culling)'이라 불리는 게임 최적화 기술을 상기시킨다. 컬링이란 게임 플레이어의 시야에서 벗어난 물체를 렌더링에서 제외하고, 그것이 플레이어의 시야에 들어올 때만 구현해 내는 기술이다. 그렇게 함으로써 게임을 할 때 컴퓨터에 가해지는 부하를 최대한 줄이는 것이다. 만약 이 시의 배경이 연애 시뮬레이션 게임 속 세계라면, '나'는 게임 플레이어인 '너네'의 시야에 따라 구현되기도 하고 사라지기도 하는 NPC일 것이다. NPC는 '플레이어 이외의 캐릭터(Non-Player Character)'의 약자로, 플레이어의 다양한 체험을 위해 게임 시스템에서 제공하는 정해진 역할의 캐릭터다. 모종의 이유로 자의식을 갖게 된 NPC가 게임 속 세계를 누비는 이야기는 이제 낯설지 않은 서브컬처적 상상력의 산물이지만, 재미있는 것은 이유야가 그러한 상상력을 시 혹은 문학장에 대한 의식과 결부시킨다는 점이다.

문화에 통용되는 코드를 자신의 욕망에 알맞게 전유할 수 있는 사람은 문화 속에 더 쉽게, 더 많이 재현된다. 반대로 문화에 통용되는 코드를 자기 것으로 취하지 못하는 사람은 고립되면서 존재감이 줄어든다. 따라서 일반적이지 않은 코드를 고집하는 사람, 코드를 전유할 수단이나 기회가 없는 사람은 문화에서 소외되기 쉽다. 물론 문학은 언제나 외톨이, 이방인, 부적응자에 관심을 기울여 왔다(고 여겨진다). 시인의 고독에 새로울 것은 없다. '내가 세상을 따돌린다'는 식의 부풀어 오른 자의식도 신선한 것은 아니다.
이유야는 그러한 사실을 잘 알고 있으며, 따라서 '나'의 외
톨이-자의식을 심각하고 무겁게 그리지 않는다. 차라리 자
조적이고 희극적으로 드러낸다. '나'는 "입가에 묻은 케첩을
할짝거리며" 익살맞고 궁상맞게 말하고 행동한다(「웨인은 꼭
옛날 사람 같다 2」). 이유야는 망상으로 도피하여 전능감에 취
하는 '나'의 모습을 희극적으로 과장하여 무대 위에 올린다.

　이 익살맞은 외톨이는 담장을 부수고 마을을 떠나기보다
는 마을 내부에 잠입해 마을의 질서를 교란하기를 원한다.
한마디로 이 외톨이는 사실 그렇게 배타적이거나 전복적이
지는 않다. 이 시집은 과거의 시들을—다소 삐딱한 태도를
취하면서—가지고 놀긴 해도 과거를 부정하지는 않는다.
오히려 『일인조』는 부정을 통해 나아가는 변증법이 와해되
는 지점을 캐치하려 한다. 부친 살해의 전복적 순간이 아니
라, 아버지와 아들의 관계가 허물어지고 뒤섞여 버리는 근
친상간적 순간을 그린다.


　　너의 스쳐 지나가는 인연이 아닌 오랫동안 기억될 수 있
　는 동생이 되고 싶어서 너의 불을 빤히 바라보다가 주머니
　의 말만 한 움큼 쥔 채 그곳으로 뛰어들었단다 무모하다고
　생각할 수도 있겠지 하지만 유념하렴 예쁘게 웃는 아빠야
　네 불은 상상보다 더 형편이 없었단다


　　(중략)

너는 그때 내가 살아 돌아왔다는 사실에 겁을 먹고 송장
처럼 가만히 누워만 있었단다 내가 네 위에 올라타 영정 사
진을 찍는데도 미동조차 하지 않았지 너 내 못 믿을 형제야
나는 그때부터 혈혈단신이었단다 좌절에 매 순간 진심인 편
이었단다 그러니까 밖에서만 열 수 있는 현관문을 철저히
닫고 나왔던 그때의 내 심정을 너도 이제는 이해할 수가 있
겠지 아빠야

—「터」 부분


이 시에서 아버지는 불현듯 형제가 되고, 심지어 손아랫
사람이 되는 듯 보이기도 한다. 죽은 줄 알았던 탕아가 돌
아오자 아버지이자 형제인 '너'는 겁을 집어먹고 꼼짝 못 한
다. 물론 이 시에서도 "네 위에 올라타 영정 사진을 찍는"만
큼 부친 살해의 상투적 모티프가 반복되고 있지만, 그보다
관계들을 뒤섞고 전치하는 불온한 말하기 방식이 더 눈에
띈다. 이 근친상간적 세계에서 '나'는 정체불명이다. 아버지
도 아들도 아닌, 혹은 아버지이면서 동시에 아들인 존재다.
데리다의 말처럼 "이 세 번째 항은 종합·화해·분유를 가능
하게 하는 매개적 제삼자로 취급될 수 있"다.[2] 정체불명의
매개자는 외톨이고 이방인이다. 아버지에서 아들로 이어지

2 자크 데리다·마우리치오 페라리스, 『비밀의 취향』, 김민호 역, 이학사, 2022,
p.13.

는 족보에 합법적인 이름을 올리지 못하기 때문이다. 그러나 이 매개자야말로 익숙한 의미의 분할을 가로지르며 키메라를 만들어 내는 역량을 가졌을지 모른다. 현관문을 닫고 나오는 「터」는 일종의 출사표처럼 보인다. 키메라의 '역량'을 확인하기 위해서 이제 시인이 게임의 규칙을 어떻게 교란할지 지켜봐야 할 것이다.

### 3.

앞서 살펴봤듯 이 시집에는 활발히 통용되는 이야기와 소외된 이야기의 분할이 그려지고 있다. "이야기 너머에 갇혀서" 죽어 가는 존재가 있다(「고스트 스토리—벌꿀오소리 편」). 장에서 통용되는 규칙들이 존재하고, 그 규칙들은 장에 재현될 수 있는 것과 아닌 것을 분리한다. '나'는 소외된 이야기의 편에 있는데, 이유야에게 그곳은 외톨이의 자리, 서브컬처적 상상력이 움트는 자리, 그리고 시의 자리인 것 같다.

또 짚고 넘어가야 할 것은 이유야의 시가 외톨이의 자리에서, 얼마간 오타쿠적 감성을 토대로 하면서도 모종의 '현실'과 직면하고 마찰한다는 사실이다.

어떤 독자는 이 말이 의아할지도 모른다. 『일인조』의 많은 문화적 레퍼런스와 장르적 유희, '나'의 자족적 망상, 한정된 단어를 가지고 하는 통사론적 저글링은 현실과 동떨어진 것으로 보일 여지가 다분하기 때문이다. 실로 이 시집의 시들에는 방 안에서 움직이지 않는 사람의 망상과 꿈을 기록한 듯 보이는 면이 있다. 「내 방에서 살아남기: Google maps—와타시 11년」에서 그려지는 것은 방 안에서 구글 맵으로 하는 유사 여행이다. 구글 맵에서 우리는 순식간에 지구 반대편으로 날아갈 수 있다. 클릭 몇 번이면 충분하다. 그러나 아무리 비약하더라도 우리가 감각하는 것은 모니터로 하는 여행의 밋밋함과 공허함이다. '와타시'는 컴퓨터나 스마트폰 화면 앞에서 상상의 나래를 펼치고 있을 뿐이다.

그러나 혼자만의 가상에 몰두하는 인물상을 동시대의 '현실'이 부추기는 것이라면? 현실이 '일인조'를 양산하는 것이라면? 「내 방에서 살아남기: Google maps—와타시 11년」은 해외여행이 불가능했던 팬데믹 시기의 일상을 환기한다. 고립과 단절을 더욱 심화시켰던 팬데믹 시기가 아니더라도, 혼자만의 방에서 화면으로 세상 구경을 하는 것은 오늘날 전혀 특별할 것 없는 아무개의 '현실'이다. 『일인조』는 바로 그러한 현실을 겨냥하는 것이다. "이것이 현실이라서 와타시는 지도를 밀면서 계속 걷는다/피도 눈물도 없이 단 한 줌의 낭만도 없이"(「환절기—와타시 1년」). 그러므로 이유야의 시는 현실로부터의 도피가 아니다. 다소 둔탁하게 기술된 현실이라 해도, 어쨌든 도피나 망상을 부추기는 현실을 의식한 채 꾸는 자각몽인 것이다. 시에 종종 등장하는 '마을'은 현실에 대한 시인 나름의 알레고리이기도 하다.

정신 차리기 일 년 치를 다 써 버렸다 더는
차릴 정신이 없어

당분간은 조금

죽은 채로 있기 죽은 체하면서
밥 먹기 잠자기 일어나기

음

솔직히 한두 해 살아 본 것도 아니고 다들 알 거야

어차피 못 깰 퀘스트라면 고생은
되도록 혼자 하는 게 좋다는 거 매도 죽음도

혼자 맞는 게 제일 좋다는 거

혼자서 죽었던 일은 밖에 나가서
아무렇지 않은 척할 수 있으니까 그러면 아무도

모르고 아무도
모르면

와타시가 정말 죽었던 걸까? 되묻게 될 테니까

죽음이

하나도

두렵지 않게 될 테니까

그러니까 깰 수 없는 현실이라면 혼자 가거나 차라리 포
기를 하지 왜
파티를 맺겠어 와타시는 멍청이가 아닌데

(중략)

다 죽어 있으면

마을은
텅 빈 마음

마을은 죽음이 두렵지

영영 두렵지

—「텅 빈 마을」부분

첫 연에서 "정신 차리기"는 한정된 아이템이나 기술처럼
언급된다. "어차피 못 깰 퀘스트"라는 말은 "텅 빈 마을"이
난이도 높은 게임의 배경이라는 것을 분명하게 지시한다.
오늘날 삶을 게임에 빗대어 생각하는 것은 흔한 사고방식

이 되었다. 수많은 라이트노벨의 주인공은 게임의 규칙이 적용되는 세계에서 비약적으로 성장하며 독자에게 대리만족을 준다. 해상도와 자유도가 높아지면서 게임은 '진짜' 삶과 비슷해지고 있다. 반대로 만연한 경쟁과 성장주의 이데올로기는 삶에 게임의 어법을 깊이 침투시켰다. 가령 생애주기에 따라 해내야 하는, 흔히 '정상적'이라고 여겨지는 활동들(진학, 졸업, 연애, 취업, 결혼 등)을 달성해야 하는 퀘스트라고 여기곤 하는 것이다. 게임이 삶을 닮아 가는 만큼 삶도 게임을 닮아 간다. 비록 '진짜' 삶에서는 처음부터 다시 시작할 기회가 주어지지 않지만.

한국의 '청년 세대'가 가족을 만들지 않고, 결혼이나 출산을 포기하거나 거부한다고 말해진 지도 오래되었다. "그러니까 깰 수 없는 현실이라면 혼자 가거나 차라리 포기를 하지 왜/파티를 맺겠어 와타시는 멍청이가 아닌데"라는 구절은 그러한 현실을 강하게 환기한다. 고난과 고독으로 마음이 죽어 가더라도 "아무도/모르면" 없던 일처럼 될 것이다. "파티"가 꼭 가족('정상 가족')을 뜻하는 것은 아니겠지만, 가족이 아니더라도 의지하고 서로 돌보며 살아갈 공동체를 만들거나 찾기가 거의 불가능한 현실이다. 이것은 오래된 "깰 수 없는 현실"이지만 나아지기보다는 점점 더 나빠지고 있다. 상황이 달라지지 않는다면 모든 사람이 각자도생하는 '일인조'가 될 것이다. 마을은 '일인조'를 색출하고 따돌리는 동시에 '일인조'를 양성하는 환경인 것이다.

그런데 이유야는 이 실패한 플레이어 혹은 소외된 NPC

의 자리를 시의 자리와 겹쳐 놓는다. 즉 이 시집에는 마을의 나머지와 같은 '일인조'의 자리를 시적 창발의 긍정적 장소로 전환하는 면이 있다. 이러한 전환은 시집의 문을 여는 첫 시에서 이미 예고되었으니, 다시 돌아가 읽어 보자. 화자는 "마을의 여백"에 있는데, 그곳에서 '나'는 예외적으로 '너'와 만난다.

시 없는 삶에서
천둥이 쳤다

너와 내가

다음 장면에서
몰래 만나고 있던 탓이다

홍수가 날 기세라고

마을 사람들이
죽창을 들고 뛰어다녔다

원흉을 찾아내 제거해야 한다고 했다

너와 나는 숨죽이고 있었다

적히지 않은 곳에서
젖을지 젖지 않을지 결정하지 않은 채로

시 없는 삶에서
천둥이 계속되었고

너와 나는 어쩌면
길가의 개망초로 있었다

너와 나는 마을의 여백 속에서
춤도 추고 노래도 불렀지 뭐야?

—「시 없는 삶」 부분

"시 없는 삶"이란 천둥이 없고 홍수가 없는 마을의 안온
한 삶이다. 그러나 이 안온함은 "다음 장면에서/몰래 만나"
는 어떤 존재들 때문에 흐트러진다. '너'와 '나'는 마을의 일
관성을 위협하는 유령 같은 존재다. 이들은 마을의 '바깥'을
자처하지만, 동시에 "길가의 개망초"처럼 마을 곳곳에 편재
한다. 이들은 어쩌면 다른 것이 되어 나타날 수도 있다. 형
태가 결정되어 있지 않기 때문이다.

물론 이 시에서 예외적으로 등장하는 '너'에게 '일인조'
의 타자라는 의미를 쉽게 부여할 수는 없을 것이다. 다른
시에서 '나'는 '와타시'를 '너'라고 부르기도 하며, 이 시에서
도 '너'와 '나'의 뚜렷한 차이가 나타나는 것은 아니기 때문

이다. 그럼에도 '일인조'가 이미 자신 안에 하나 이상의 정체성을 포함하고 있는 집합이라면, '내'가 자기 안의 타자를 만나듯이 '너'를 만나 "춤도 추고 노래도" 부르게 되길 기대할 수 있을 것이다.

　마을 사람들은 '원흉'을 제거하지 못한다. 마을의 모든 '여백'을 단속하기란 불가능하므로. 물론 우리는 제거할 수 없는 "마을의 여백"이 시의 자리라는 것을 알 수 있다. "마을의 여백"은 모든 것을 관리하고 재단할 수는 없다는 것, 셈해지지 않은 자리에 존재가 있다는 것, 누군가는 보상 없는 충동에 따른다는 것, 그렇기에 "시 없는 삶"은 불가능하다는 것을 말해 준다. 또 우리가 알아볼 수 있는 것은 시의 자리와 자신의 자리를 동일시하는 시인의 강한 자의식이다. 시인은 "꿈과 마을은 쓸모없어질 것"을 알면서도 시를 쓴다 (「고스트 스토리—벌꿀오소리 편」). 무엇도 '일인조'를 완전히 침묵하게 할 수는 없을 것이다. '일인조'는 계속해서 모습을 바꾸고 분열할 수 있으며, 그들의 춤과 노래는 아마 '일인조'라는 역설적인 집합으로부터도 빠져나갈 것이기 때문이다.